肉與灰

栩栩

推薦短語

栩栩筆下，諸物有神，是可見與不可見間的顯微鏡式奇觀，是作家裡善繪聽覺觸覺的佼佼者。醫療攝影陰翳，碘浴嫩肌，肺底風與葉間的各種輕音，所有日常或解剖學式肌理，皆被栩栩以鋒利如術刀之眼掌鼻心，捕得無限詩意。

——作家 白樵

栩栩以詩人之筆，寫盡日常的吃穿行旅，在她專注而虔誠的目光裡，細瑣之事發光，萬物仿若有靈，生出血肉，且聽每一毛孔歡暢敘說。除了寫生之燦然，也細摹初老、疼痛、疫病，記錄醫院中的故事和心事，以及諸種身體經驗和情感記憶。肉身之書，如此厚實，卻又如灰輕盈。

——作家　李欣倫

栩栩很擅長描寫世間百態，有煙火氣卻無火煙味，觀察仔細但成文不至於瑣碎，這恰好顯現了她的人格特質——感性與理性兼具且平衡。她的筆路相當寬，顯然有意不想受到醫者專職環境的限制，因此心思眼界放得開，字裡行間自然透出舒坦的氣息。

——作家　阿盛

《肉與灰》是本生活散文集，靈光不斷湧現。精緻的文字，清新的筆觸，把生活綴得頗具質感。栩栩習花道，或許是種底蘊吧。

——作家　黃信恩

目次

推薦短語 3
推薦序　金繡之筆，栩栩如真——吳妮民 11

琉璃脆

絲襪記 21
京都的舌頭 31
鱷魚街 37
陽春白雪 41
怕生 47

人間事

樹蔭下 57
（偽）圖書館 67
初老 79
推拿 91
躺著這種病 103
一分糖 109
乖乖 125
鐘 135
游離分子 149
陪病 155

金身常壞

臉盲 165
什麼事都教我頭痛 179
爪牙 187
肺腑之言 195
鏡頭恐懼症 211
Linephobia 223
寫作的拖延 229
癖處自說 235
界 241

大流行

碘 255

陰翳禮讚 261

砌一座金字塔之難 265

負壓 273

小雷音 289

兩個世界——隔離與文學 295

黑洞 307

來日 323

後記：一體 345

金繡之筆，栩栩如真

——吳妮民

這幾日在京都隨意地遊走，入眼一切盡是古都的雍容及矜重，心底反芻著的是出發前所讀栩栩的散文集《肉與灰》，那美感或氣味卻暗暗叩合。起初想到，是了，栩栩也在裡頭寫過京都的，她寫京都人細密的心思和傳聞中婉轉卻見高下的應答，「綿裡針，肉中核，京都的舌頭一如湯豆腐，狀似軟和，一不留神就會燙了嘴。」（〈京都的舌頭〉）其次才想起，栩栩素來纖緻的文字，敏於觀察的眼光，不也有這樣聰慧善感之貌？我試著尋找栩栩與京都的連結，得出一個頗有意思的結論——啊，或許因為栩栩出身養成於臺南，那座氣質與地理位置皆常被類比為京都的城市。

以上是打趣了。其實，還是應該從栩栩的詩集講起。做為甚早起步的寫作者，散文並非栩栩（1988-）的第一本作品，幾年前榮獲第四屆周夢蝶詩獎的詩集《忐忑》，收錄二〇〇七至二〇二〇年間共五十三首詩，跨度極長，換句話說，包含了作者十九歲就動筆的詩作。然而詩集整體成熟度一致、字句脫俗，毫無少作的青澀尷尬，因此，教人驚豔於栩栩的早慧與自我鍛鍊。讀她的詩，最能感受到她琢磨文字如珠玉的耐心，和經營意象的優越能力，譬如〈蜉蝣〉將瞬逝生命寫得如此細膩：

「這薄翅／從寒露化生嗎／墜地亦無聲／比針鋩還輕還／不可及的枯

榮」；或如被多位詩人提及的〈失物〉：「曾經／可觸且可及／乳是鐘乳／吻是虎吻／你將它辨認出來」，寫情愛、觸碰、傷害，鐘乳與虎吻，是極短句行中有效而強烈的比擬；也能從詩作裡讀出栩栩偏向老成蒼涼的情思，譬如我極喜歡的〈半生〉：「恨過的人／就這樣老了／世界還是一樣的嗎／野草挲摩風露／岩層中湧出／你給過我的沙，我回報你的／鹽分」。

於是，便能理解為什麼詩人張寶云說栩栩的文字是「當代的宋瓷」，而詩人楊佳嫻喜歡她「壯闊的巧思」。

有了詩，再來說散文就有了演進與依憑。若《忐忑》被視為栩栩元神凝鍊、空靈抽離、情感幽微的一面，散文集便像作者走入了塵世，更具實體，更日常，不只是凡身的「血與肉」（flesh and blood），竟是活到底彷彿被燃燒殆盡的「肉與灰」（flesh and ashes）。觀之，全書並無任何篇章同書名《肉與灰》，作者以肉身敗壞意象貫串的企圖，應是顯而易見的。

書分五輯，從最薄最精緻的寫起。開卷「琉璃脆」裡，栩栩再度發揮她擅於勾勒細物的功力。我尤其喜歡她寫豆花的〈陽春白雪〉，報章登出後重讀多次，由這篇小品能見識栩栩對語言質地的嫻熟——她以「瑩白如酪，味淡近於寡」「清冷潔淨」形容豆花；接著，用「煙韌軟糯」描述樹薯粉圓類配料的口感。豆子的顆粒感，她說是「玉粒金波」；口唇間一抿而化的軟熟花生，她下的詞是「敷在舌尖，分明又綢繆」。讀至此，就算只是吃豆花這樣的小事，也被她具詩質而高度展演的文字，把五官的感受放大了。

接下來愈寫愈賦形，一路朽下去，「人間事」關於體魄筋骨，〈推拿〉一篇，生動記下整復院的日夜面貌，寫肌理經絡、師傅手法又有武俠之意，可以看出栩栩文字鏡頭遠近景的自如伸縮，簡直是小說家畢飛宇同名傑作《推拿》的散文版。「金身常壞」聚焦自身之癖病，如瞼盲、頭痛、對鏡頭及通訊軟體 Line 的恐懼。此中最長的篇幅〈肺腑之言〉，熔本身從事呼吸治療的專業、醫學的詩意隱喻、醫學史於一爐，寫帶領學生諦聽病患的呼吸，是詩質的再次展現，「我們齊聚病床邊，屏息，聽風穿梭林間。」「一位合格的醫療人員，必定嫻熟於風與枝葉之間的關係。」栩栩對肺音的著墨，成功召喚回我的記憶（唉，那些聽起來很不妙的喘鳴和囉音），於是，我們應將此文當成最後一輯擴及人世社會「大流行」的引信，一併閱讀。

身為仍在繁忙醫學中心工作的呼吸治療師，過去三年的新冠肺炎疫情，對栩栩而言是切身且全面的經驗，她不僅得日夜排班照顧患者，自己也在恐遭感染的高壓下度日。「大流行」從各面向記錄病毒肆虐的影響，〈碘〉寫下必要卻令人疲憊的消毒；〈陰翳禮讚〉並不讚揚隱晦之美，而是X光片上肺病的陰影。獲時報文學獎散文首獎的〈負壓〉，為本輯的定音之作，它忠實寫出全島經歷的三級警戒、隔離患者的負壓病房、以及那積於心頭草木皆兵的隱隱壓力。生命中的大疫使得某些事物延遲、荒廢，然而對創作者它也可能是催化書寫的燃薪，觀察栩栩寫作，她的散文在疫情期間有爆發式的發表，除了書寫境界愈臻精熟外，身歷其境的高壓，或許也是寫作欲望的原因之一吧。

讀完《忐忑》和《肉與灰》，栩栩其文，常常使我想起小說家李渝評《紅樓夢》金釵的用語：「精秀的女兒們」。她具風格辨識度的用字及句式，古典蘊藉，或許部分得益於平日裡的美感實踐——她學習花道，在乎料理，我看她的臉書，一開始是從追蹤自煮便當菜式看起的——而她又博學廣識，讀書、寫評，皆是拿手項目，曾被詩評提到的不斷用典，延伸經典意象、與之對話，在散文中也能見到，有時，那機智會以一種年輕的聰穎風貌俏皮現身。這樣的精秀之人，這樣的金繡之筆，也令人期待栩栩未來的寫作，且讓她描金刺繡，在文字的世界裡，一切栩栩如真。

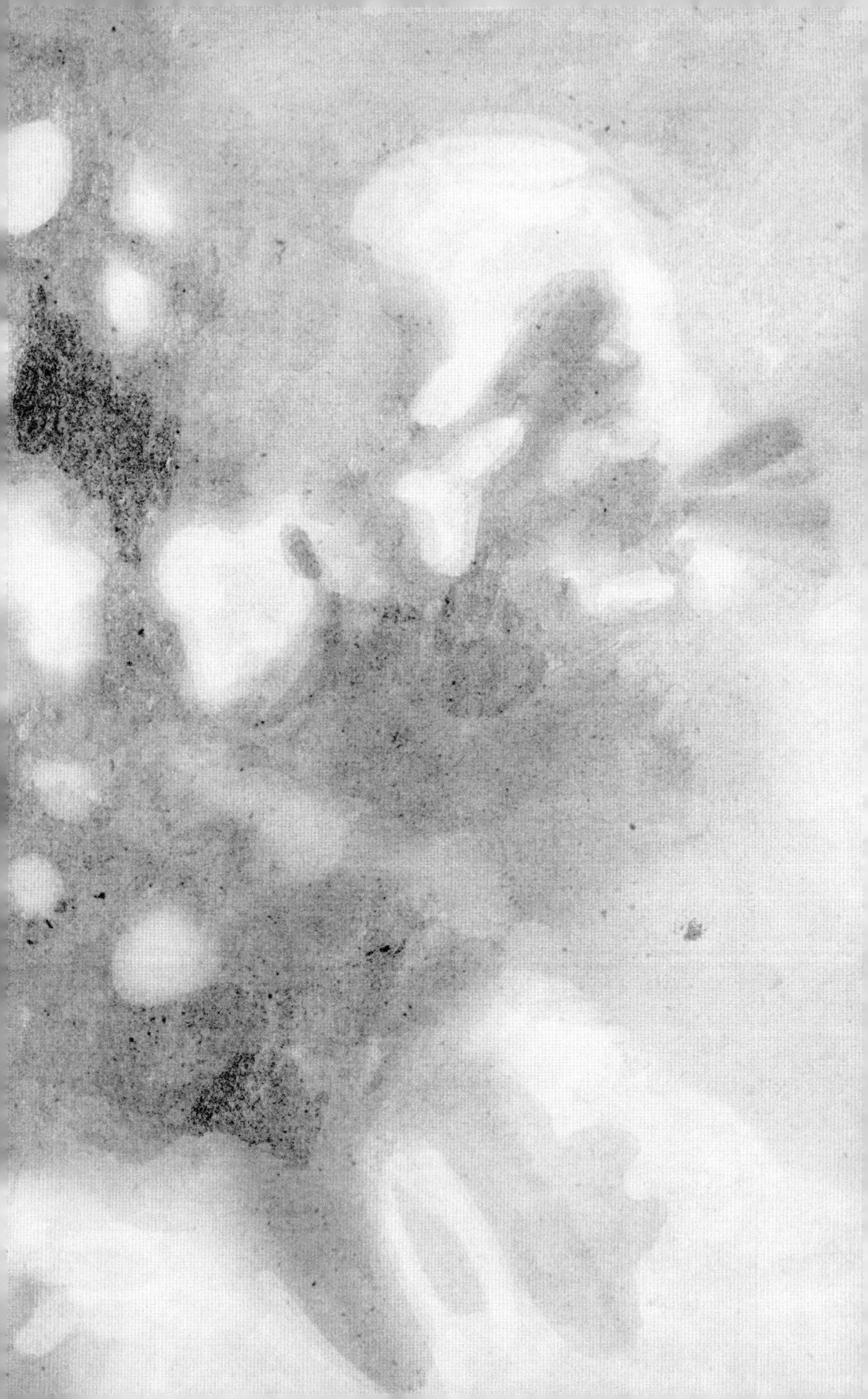

琉璃脆

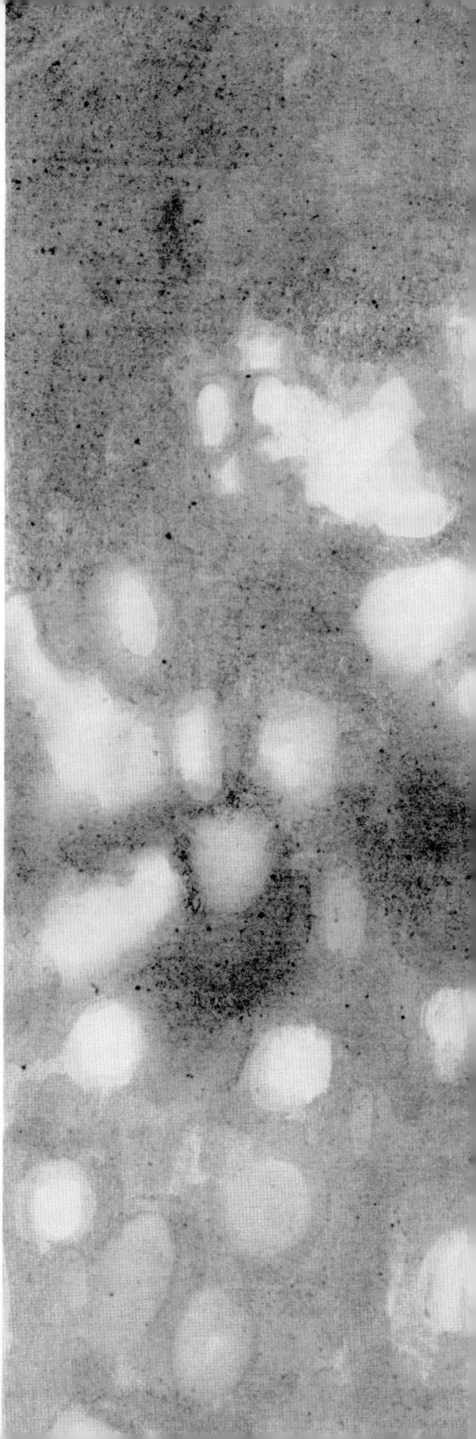

●○絲襪記

人生中頭一回給自己買絲襪，是赴日旅行途中的事。那個時候，我已經二十六歲了。

女作家之中，張愛玲對絲襪的迷戀是出了名的。小說中幾次提及，她筆下的絲襪作紅黃雪青等色，又或玄地花繡鞋搭白絲襪，妖不妖嬈且不論，那配色與身段不知何故總讓我聯想到蛇，潛伏在陰涼處，鎮日嘶嘶嘶地吐信子。

我很晚才識得絲襪的好，說起來，還是受襪子所累。長而高溫的夏日，襪子黏附在腳上，剝下來，汗氣還殘留在趾間久久不散，多麼令人不快。雨天，鞋襪泡了水，一腳深一腳淺，沒走幾步路，沿途盡是滴滴答答的狼狽相。

世上絕大多數人都是先穿過襪子才穿絲襪，可惜我不怎麼喜歡穿襪子。出門，除非正式場合，不然趿了夾腳拖就去，輕便又爽利。夾腳拖和赤腳差不了多少，走在石子路上能感受到那凹凸，熱天午後，柏油曬得微軟，踏過去就浮出一縷焦氣。雨天照樣潑得泥水淋漓，抽幾張紙巾擦一擦即乾。即使鑲了水鑽綴上絹花，夾腳拖畢竟還是拖鞋，有人嫌它難登大雅之堂，幸而普通人平日不過買飯買書買雜貨，與大雅無涉；穿久了，鞋底稍微磨平，反正不貴，一年換一雙，人人都能負擔得起。少了鞋襪保護，腳摸上去略有些粗糙，足跟磨出一層薄繭，除此之外，沒什麼壞處。

直到去了日本。

去日本，不論起初安排的是關東關西九州四國北海道，不知道為什麼，最後重點行程都變成藥妝店。行前，姐姐事先列出一張採買清單，同事鄰居親戚朋友，一人限購一樣，以防行李超重。一樣一樣找，然後比價，然後拍照確認價格。偶爾她回過頭來推薦什麼給我，「欸這個聽說很好用。」「喔。」這種時候我通常不太用腦，十次裡有九次，把她塞入我手裡的東西直接放回架上。

如果在冬夜，兩個台灣來的旅人——

喉糖，眼藥水，休足時間，買完感冒藥腸胃藥止痛藥維他命，還要買美容液防晒乳護唇膏防蚊噴霧，外敷內服，滿額退稅。藥妝店裡所有商品都能直接對應到器官，病與體的連連看，但顯然陳列者有意避開這樣的聯想，於是這邊的酸痛貼布連到神經肌肉，再過去，一整架花王蒸氣眼罩赫然在望。我百無聊賴地東摸摸西看看，一邊滑手機看網友分享日本藥妝店必買，然後我注意到了絲襪。

它並不直接賣弄性感，起碼，就行銷面而言，絲毫聞不出這樣的味道。它相當巧妙地繞了一個彎：顏色和尺寸之外，底下還按不同效果分為十多種品項，有的主打薄透，有的主打光澤感，因為是溫帶國家，也推出了發熱保暖的款式。品類非常齊全。透過分眾，進而凸顯了絲襪作為必需品的正當性。站在一整面展示架前，我彷彿誤入了另一個世界，在此之前，我沒想到絲襪有這麼多講究，若不是廠商思慮周密，就是市場極大——最常見的狀況，兩者皆是。

我拿起來研究了一下不同品項之間的差異，又放回去。

下一次，地點換成山形。抵達時天色烏陰，雪如米豆，甫落下有沙沙質地細響，一遇熱，立時便化開。到旅館 check in 完畢後往窗外一看，米豆已經變成珍珠了。原本預計前往的和菓子老鋪眼見是去不成了，我們查了一下附近評價最高的拉麵店，決定冒著風雪出門。地圖上步行八分鐘可達的目標，一共花了快十五分鐘才走到，風雪太大了，走路歪歪斜斜，逆風如破浪，乘風時又像被誰從背後使勁推擠著往前，亞熱帶的身體終於見識到阿信的故鄉究竟有多冷。

吃完麵，原路返回旅館。途中沒看到藥妝店，但隔壁就是便利商店，我們鑽進便利商店買飲料，這時，我又看見了絲襪。我挑了一款發熱保暖的絲襪，事後證明我買對了，絲襪非常暖。

這之後我又陸續入手了好幾雙，保暖在台灣用不上，但素肌感薄透感完全沒問題。

雖然是從實用的角度出發，總之，後來有點沒完沒了。回過神來，我已經在坑底了。老掉牙的譬喻說絲襪是女人的另一層皮，恐怕比皮更好——更滑，更膩潤，去斑遮瑕零毛孔。絲襪於身體，乍看一筆到底用的都是大寫意法，可是絲襪的好又好在它非常忠實，幾乎是照著描樣子，伸直，交疊，半空中一晃一晃。一不小心踩到地上碎屑，那顆粒感，或稜角，竟比光著腳感受更鮮明。

絲襪將觸覺與世界親密無間地貼合為一體。這是指甲，那是晒衣夾，各種不明所以的突起物。為了確保觸覺的絕對優先，有時甚至不得不冒點險，這是何以絲襪明明是襪，卻不具備任何保護功能。一時失了分寸，平日看上去相當無害的事物，也會露出不懷好意的一面。當一個女人穿上了絲襪，她與她所處的世界，其距離與模樣往往介於破與不破之間。距離曖昧，沒有把握的時候，我多半就選擇了退一步。

退這一步，並不表示從此落了下風。絲襪的藏是露，露是藏，一個不慎，彼此都難免要現出原形。暴露與藏閃之間，如何巧妙周旋，且顧及待人接物應有的最低限的優雅，一半機會一半命運；只不過，所有號稱不勾紗不易破的絲襪到頭來終究要勾要破，因其脆弱，從而理解自己所擁有的奢侈。

腳背打直，自趾尖而踝而膝，腿腳一寸寸撐開絲襪，曲線張折。這裡一勾那裡一捺，好一番整飭以後，這才窸窸窣窣放下裙擺。絲襪的首與尾向來不輕易示人。遮去大半截也無所謂，錦衣夜行，夜行使錦衣有雙倍的快樂。錦衣之所以為錦衣，尤其注重顏色與花樣變化，我偏愛黑色，顯瘦，裸色絲襪太規矩了。而熟諳時裝史的人都知道，不過一百年前，裸色還是富含撩撥意味的顏色。

選擇了絲襪，夾腳拖只得收起來。為了不顯突兀，一應妝容舉止都要留心搭配，我穿不住細跟高跟鞋，但即使腳踩平底芭蕾舞鞋，絲襪也遠比任何襪子更令人警敏儀態。走在街上，偶爾望見鏡中或玻璃門上的倒影，我就停一停，確認一切仍然保持完美。

破了的絲襪只能報廢，沒法補救。倘若回到那個皮膚的譬喻，這一次，是皮膚勝出。雖然立場稍顯保守，不過，至今仍不乏將絲襪視為女性服儀範例的基本教義派——當然，破了的絲襪不算——得體與不得體，無非一層織物之隔。從絲襪到纖維，一個破洞所暴露的訊息永遠比它的真實範圍更多，緊急狀況下，聽說可以塗點透明指甲油稍作挽救。這個辦法實在很有意思，這是畫皮了。

預防先於治療，為此，我又買了浮石，入浴時沿著足跟慢慢摩挲至趾尖，十指指緣，拿銼刀細細地磨。這一整套保養，假若願意，可以無窮無盡地做下去：擠一點乳液，滴兩滴玫瑰精油，睡前抬腿十分鐘，預約美白無痛除毛……如果絲襪足以蔽體，這份工夫就打了水漂，正因為似掩還露，這精緻才值得鑽研。而在力所能及的範圍裡，我也同意，它會帶給人愉悅。控制的愉悅。

跨出了這一步以後，回過頭來看，便覺得絲襪之於女性，不無一點成年禮的意思。

二十六歲意識到這件事，不是太早，但總好過一無所知。

●○京都的舌頭

京都人的舌頭很壞。

好像已經成為某種共識了，時不時就會被拿出來說嘴。京都人真是表裡不一哪，即使是日本人也會發出這樣的感嘆。

譬如說，造訪京都人家，到的比約定時間早了一些，主人開門迎接：「你能夠這麼早來，我很高興。」這句話的正確解讀是你來得太早了。過了一陣子，該玩的玩了該吃的吃了，主人詢問是否要來點茶泡飯呢？狀似邀請，實為送客，表示家裡並未準備像樣的食物招待，還請速歸。京都人之話中有話，可見一斑。

腹黑，難相處，不易捉摸。這是日本人普遍對京都人的負面印象。

倒也不難想像。日語本就含蓄婉轉得不得了，一經京都人之口，更是叫人如墮五里霧中。日語中，委婉寫做「遠回（とおまわ）し」，「遠回り」則是繞遠路之意，過分委婉的話語恐怕也會讓聽者無謂地繞遠路吧。

對此，京都人的自辯是，我們那是在不說出真心話的狀況下說出真心話啊。本地人素來矜傲，為了避免損及對方自尊而致使彼此難堪，只好語多迂迴，毋寧也是某種京都限定的體貼。不過，對一般人而言，恐怕欣然領情者少而倍感壓力者眾，畢竟一來一往，客套話摻夾真心話，難免誤判。

何況，所謂微言大義，表面上看似顧全了禮儀，細一想，那教養本身亦不無傲氣。

幾年前，初次赴日自助旅行，飛關西機場，著陸後轉乘特快，一個半鐘頭就抵達京都。時值深秋，遠近楓紅濃淡，遠眺如流火潑墨，近者貼膚若花鈿，千年古剎靜到極處，於是那浮豔竟也有了別樣的端凜氣象。轉出禪寺，徒步走在青石板街道上，兩岸木造町家門狹進深，細條格子拉門將日光濾得柔和氤氳，暖簾無風自晃。

東福寺，渡月橋，三十三間堂，紅葉多半離不開寺院佛閣，於是整日來回棋盤格子街道四處參拜。白日賞楓，入了夜還有夜楓。許多賞楓名所都附帶夜間點燈節目，借著燈暈水光，楓葉如焰苗裊裊搖曳。

日行三萬步，不只是貪眼目之悅，其實也為了消食。蕨餅是必定要吃的，烤糰子也不能辜負，吃畢，飲杯抹茶，一陣微苦淡香過去，芳甘回湧如雲水。此地名物頗多，某個晚上，慕名前往三年坂品嘗湯豆腐，小鍋滾沸著方正乳白的豆腐，湯水近乎無味，清淡簡素得不可思議。我們端坐在榻榻米上品嚐豆腐纖弱純淨的原味，鄰座交談聲細如鳥鳴，恍惚間生出一種錯覺，彷彿這外地人身體和古都隱隱然有了連結。

作為觀光客，用不著開口也能輕易被辨認出來。一路謹言慎行，所遇也俱是周到殷勤的笑臉，傳聞中的拐彎抹角，貌似沒有發生。

可是，遇上這種事的機會本來也就微乎其微吧。我隨即想起，人們說弦外之音，無論其謎面如何曖昧不能解，其目的必然極明確：為了試探雙方於待人接物的遠近與冷熱是否位於鄰近光譜。在這裡，考驗是雙重的，它一方面必須建立在相同的語境上，另一方面，唯熟習相同文化者方能全身而退。因此，話只會說給語境和文化的自己人聽。至於門外漢，連答題的資格都沒有。

綿裡針，肉中核，京都的舌頭一如湯豆腐，狀似軟和，一不留神就會燙了嘴。無味見真味。旅客因無緣領略而心生悵然，這恐怕是京都的舌頭始料所未及。

不過，有時候，它來得出乎意料。

下榻的旅宿位於洛中，是間由台灣人主持的町家民宿，前後兩棟，中有坪庭。原本我們盤算著講了整天外語，晚上返回旅館能說中文應當很愜意，殊不知我們不是唯一一組這樣想的人。一晚，躲入暖桌寫明信片，桌旁坐著兩個中國大媽扯開嗓門閒磕牙，聊今日又去了哪裡見了什麼之類，談興甚濃。續了幾回茶，終於好像沒什麼可說的了，大媽們遂扭過頭來向我搭話，我客氣地笑說剛剛已經聽過一輪了，行程真精實，兩位玩了一整天還這樣有精神也好讓人羨慕哪。聞言，大媽們眉花眼笑。我亦笑。在中文裡，原來我也長了一根京都的舌頭。

●○鱷魚街

鱷魚街位於住處附近，地下一樓，全程目測不到五十公尺，筆直通往街底的超市。兩壁皆為商家，百元剪髮、鞋店、花店等等，可以說，這是超市向外延伸出來的一條街。想當然耳，這樣平凡的商店街上不會出現真正的鱷魚，鱷魚街之所以變成鱷魚街，是從街上某間日系雜貨店擺出鱷魚玩偶以後開始的。

鱷魚玩偶通身作苔綠色，雙眼圓凸，背上兩排鱗甲，分大小兩種尺寸。現實中我不曾看過真正的鱷魚，無從判定這副尊容在群鱷中排名高低，但以玩偶來說，能不違心地誇一句可愛。只是，大約鱷魚在人類眼中算不上討喜，玩偶化以後，再可愛也都有限。遑論人們買下玩偶，除了尋求慰藉，也為著陪伴，而鱷魚在生物學上與人的親緣關係那麼遠，回到一切必須以情感共鳴為基礎的狀況中，其難度也就相對地提高。比起其他被玩偶化的猛獸，熊或虎鯊，鱷魚的門檻彷彿更顯著；鱷魚的眼淚不是眼淚，鱷魚的笑臉當然也就不能被簡單地解讀為快樂。這不是鱷魚的錯，但陪伴發生在同類之間確實容易得多。大小鱷魚橫陳於雜貨店店門前，引人側目——但也只是側目而已，鱷魚街上的人多半視鱷魚為風景，而非目的。每日路過，我總覺得，這兩隻鱷魚還是昨日的那兩隻。

鱷魚滯銷，店員也許比我更煩惱。不知出於什麼樣的心態，我注意到鱷魚並非隨機躺臥，牠們被擺成不同姿勢，或互甴，或擺尾，或索性高高疊起，狀如疊疊樂。從沙發到書架，從玄關桌到洗衣籃。花招層出，幾近於褻。每當我拎著一袋生鮮走出超市，看見本日鱷魚又有新體位，就忍不住翻找出手機來拍照。

當然我的反應也隱隱有一種猥褻意味。偷窺，拍照記錄，上傳到社群媒體。褻這樣的事，不論在鱷魚或人，往往一人不能成事。

嘴饞，又或自我感覺餓，內心就忍不住開始琢磨著吃些什麼好。正經吃一碗米麵太多，炸物太膩，餅食無茶湯相佐未免少了一趣，思來想去，還是吃豆花吧。

豆花可開場，可為插曲，亦可作為一餐之收尾，可簡可繁，即知即行，隨便哪個街坊都有，不用特意去尋，最適合臨時起意。說起來不是沒有一點弔詭，豆花之狀，瑩白如酪，味淡近於寡，這樣清冷潔淨的小食，俗世裡竟然唾手可得。

也許使豆花真正變為可即的，不是一地豆花攤的密度高低，而是配料。本來，倘若豆花細嫩帶豆香，糖水蔗香味足，有沒有配料，無關宏旨，然而能以簡樸本真取勝的豆花，為數畢竟不多；常見的其實是另一種：玻璃方櫃裡各色配料琳琅排開，該繽紛的繽紛，該剔透的剔透，豆花靜靜躺在碗底，觀其形，嘗其味，平淡無奇。

即便如此，上豆花攤光顧，仍然是樂事一樁。這裡清涼，空氣裡沒有油煙，不沾葷腥，一應熱惱盡皆退出數丈之外；但這裡又實在熱鬧，店主從深桶中平平鏟出幾鏟豆花，刀刃旋轉著飛濺出冰屑，接著，就開始挑選配料了。

盛裝豆花的碗不必深，碗面卻要寬綽些，諸般果豆排列堆疊，輝映滲潤，宛若團花綻開。

首先需要一點彈牙的東西。湯圓是我的心頭好，紅白雙色，有一種老派節慶感。粉角粉粿。芋圓地瓜圓，基本上我個人的接受度只到這裡，抹茶圓咖啡圓紅麴圓什麼的，美則美矣，真放入豆花碗內，太鬧。至於珍珠粉圓，還是留給奶茶比較般配。這一類配料多由木薯粉製成，煙韌軟糯，能增加飽足感。

需要一點顆粒感。豆類大概就是為了這件事而存在的，玉粒金波，紅豆綠豆薏仁雪蓮。我鍾愛花生或麥角，要一抿即化，唇齒閉攏前顆粒完足，一碰，立即化開敷在舌尖，分明又綢繆。顆粒存在感強弱全憑個人喜好，沒有絕對。假若豆花攤稍具規模，可能也提供紫米，有的話，那就挑紫米。

需要一點滑溜的東西。豆花本已是滑溜之物，再添一點滑溜的東西，乍聞之，似乎不通；然則物與物摩擦力各不相同，這一類滑溜的東西最好略具彈性或韌性，與唇齒交纏，產生阻力，卻不致兵敗如山倒。摻入豆花裡，一腔柔滑中立即顯出變化，此乃正襯之法。我一般挑杏仁豆腐或桂花蒟蒻，炎夏改仙草。愛玉太清雅，怕折墮了。

最後，假若店家能熬芋頭至酥爛，我會加點一份芋頭。

當然這只是個通則，天熱懶怠咀嚼，那就是仙草配杏仁豆腐，美其名曰黑白雙仙；又或者仙草珍珠蜜紅豆，烏壓壓湊成一碗，便是烏雲蓋雪。豆花的好好在它非常自由，不必依循典範，隨便這邊一指那邊一指立刻就能組合出一碗風景來，各吃各的，誰也不遷就誰。

但對我來說，必需再加一瓢碎冰屑。冰屑本身無味，可是卻能夠恰如其分地成為奶與蜜的襯底，咬在嘴裡喀啦作響，捧在手中，半融半凍，像陽春裡的一捧白雪。

所謂餘裕，時常不過是這樣一捧白雪的事。

怕生

料理新手時期，蒸魚是一關。蒸魚工序極簡，取一片魚，打理乾淨後并蔥薑酒上屜蒸熟。實際做一回，發覺處處是陷阱。首先，蒸籠要預熱嗎？大火還是小火？倘若魚身較薄，時間理應略縮短些，那麼，縮短兩分鐘夠嗎？

火的問題。

普通家庭餐桌常出現的食材，沒有比魚更棘手的了。豬雞多煮一會無妨，怕過敏蝦蟹不宜多食，魚不一樣，魚要趁鮮。

不是蒸魚，也會是其他。白切雞，炒豬肝，燒烤牛排。總之，一踏入廚房，火的問題便時時浮現；火候未到，難免要鬧肚子，可是一旦過頭，又往往失了本色。火候足時他自美，這道理我懂，只是，火的過與不及，委實不容易拿捏準確。況且，火的問題不總是以明火的形式表現，擺在餐桌上的一枚酪梨或釋迦，那青幽幽油亮亮的果皮之內，也醞釀著生熟的玄機。

生與熟的事，有時一望即知，有時則須細辨。

變色，浮起或沉降，體積膨脹或扁縮。視覺最直觀，可是不一定可靠。烤戚風蛋糕時我學到用牙籤插入蛋糕體檢查，若無麵糊沾粘，便是熟了。再不行，咬一口看看。簡直像神農嚐百草。

入口酸澀還是小事，怕的是危險。

生，從來隱隱暗示著危險。怕熟者少，怕生者卻佔壓倒性多數。基於食安衛或其他考量，人們對生食多有戒備，由生而熟，中間歷經怎樣的變化？人類學家李維史陀曾借料理三角形（culinary triangle）闡述人類社會中食物的生熟，三角形的三個端點分別是生的、烹飪的與腐爛的，經由燒烤、滾煮或燻製等烹飪手段，生食轉而為熟食，自然轉而為文化。

火當然是最常見的途徑之一，然而，我總感覺這是火的事，但豈止於火——刀法會改變熟度，對何謂適口的判準也會。角切、輪切、半月切⋯⋯當接觸面積增加，勢必影響火的強弱與時間長短；而人類已知用火逾百萬年，對於什麼食物應該長怎樣，心中大概有數。這默契，揉合了集體經驗與個人審美於一爐，因此有人傾向保留肌理與口感，有人則愛甜爛之物，遑論生與熟之間，始終存在一危險的曖昧地帶，有人說，半生不熟最美。

知用火，便往往在不疑與有疑之間擺盪，涵蓋各種意料之外的精細的事。

我很晚才開始學著品嘗生食，生雞蛋生魚片，生食於我是後天習得，並非本能。這探索始於一點點好奇心，只有一點點，不是太多，所以至今還止步於蛋黃可生食，蛋白必須要熟——嚴格來說，我接受的是半熟蛋。生魚片則以薄切至能透光為度，厚切便只得婉謝了。我曾在旅遊節目上看過主持人大啖醬蟹和生章魚，螢幕上主持人一臉陶醉，而我反射性想起寄生蟲學課本上，盤附血肉臟器間，寸寸蠕動著咬囓著的條狀長蟲，心中便絲毫不起波瀾。

台灣一向無生啖肉食的傳統，主因是漢文化對茹毛飲血形象多有貶斥，就公衛角度而言，舊時肉類來源多為豬和禽鳥，生食亦有寄生蟲之虞。不過，在其他具有生食傳統的地區，人們篤信想要完全吸收肉的精華，最好的辦法就是生吃，庶免浪費。生食比起任何料理手段都更能令人意識到，這裡曾有生命——這是何以吃生菜沙拉幾乎不會引發反感，遠非肉和魚可比。

踏出一小步，回過頭再吃煮魚煮蛋，心理並不因此產生障礙，生雞蛋生魚片固然美妙，卻非我日常餐桌風景。

違背了本能，最立即的反饋是感官邊界忽然被打開。無論就口感、質地或氣味等各方面而言，生食都迥異於熟食。生食另有一套截然不同的審美系統。我跨過那道界線，主動朝著未知靠近了一點點，接下來要繼續向前，退回來，或暫時停在那裡一會，由我自己作主。

未知也是生。與殘留血氣的生不同，它在身體和世界之間闢出一條新路，新天新地新人，世界也反過來打開身體。生熟之難辨，由熟而生一路上的抗拒與欣然領會，在我，除了長見識，也像一記反向的提醒：我沒有忘記，是因為火，人自此與萬物有了分別。

人間事

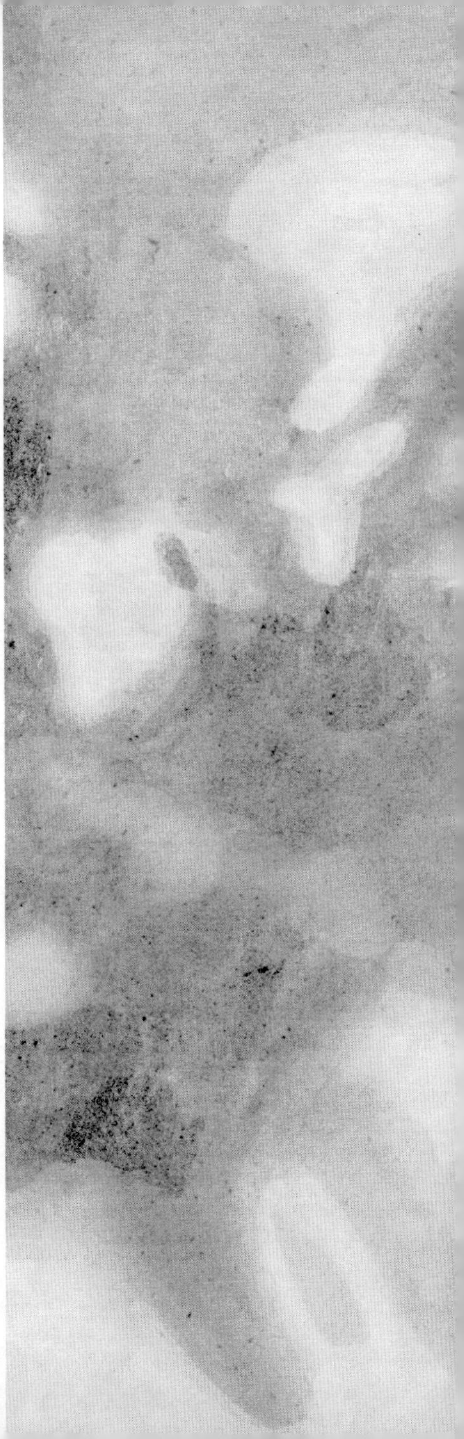

●○樹蔭下

小學時代，一班四十人，同學同樂同遊戲。到了體育課，四十人自動分成兩類，一類在操場上，另一類，在樹蔭下。

操場上的人，一整日上躥下跳個沒完。球來就打，一時借不到球，照樣連翻帶滾，爬竿拔河踢毽子，有什麼玩什麼。野馬脫了韁，不滿場跑個幾圈決不肯輕易回籠，何況前青春期一腔精力無數發洩，瘋起來比野馬還瘋。等不及暖身，鐘一響，原地作鳥獸散。

樹蔭下自成世界。人不多，清一色女孩子，課堂上那種有問必答不問不多話的女孩子，功課還可以，平日言行舉止也挑不出毛病，只是，一踏出教室，手腳忽然間拘束起來，不知該往哪裡擺。人在樹蔭下，順勢找塊陰涼處坐好，聊是非，偶爾抬起頭朝操場那邊張望幾眼，不像關心，純粹當看戲。

我自小屬於樹蔭下。

我對運動沒興趣，也學不會——運動需要學嗎？跑步彷彿只是邁開腿，反覆離地觸地。假若不用學，誰來告訴我跑動時側腹深處一陣陣抽痛是怎麼回事？肚子痛完，換耳朵。但跑步明明用不上耳朵。我又畏熱，哪怕躲在樹下發呆，也勝過高溫直晒。樹下其實沒有涼快到哪裡去，風永遠燥熱難當，一吹過來，立刻黏住了，頰側，脖頸處，肘彎，前胸後背，渾身熱烘烘黏呼呼。別人似乎沒有這麼多問題，那麼，有問題的難道是我嗎？

起初，對三兩隻漏網之魚，體育老師睜隻眼閉隻眼也就揭過了。直到樹蔭下人數漸增，這對天然操場派的體育老師來說不可忍，臉一板，哨子吹得嗶嗶響，一舉將我們趕回操場。可不一會兒，我們又自然而然地兜轉回了樹下——比起鍛鍊或協力，在當時，體育更接近爭競，而凡事一旦涉及爭競，最容易分出高低。

會說這樣的話，原因無他，我正是墊底的一群。我跑得慢，接力賽一向沒我的份，跳高跳遠都不行，勉強只有柔軟度排得上號，但空有柔軟，於人於己都無大用。至於球類競技活動，羽球桌球躲避球壘球籃球——除了鉛球以外，我被各式各樣的球砸過。命中率百分百。我並非不願意自保，可是，球怎麼就來得這麼猝不及防呢。操場如沙場，遭了暗算，接著就準備引退；起先幾次，由同學護送至保健室留觀，到後來，熟門熟路，用不著人陪，自行去找保健室阿姨報到。

保健室按著診所模樣布置，入門處桌椅用於問診，平日檢測體格，打疫苗（人手一張預防接種黃卡），發放蟯蟲貼紙之類，一般止步於此。例行性檢查以班級為單位，總是集體行動，團進團出。牆上掛幅視力表，角落停著換藥車，繼續往內走，布簾後方的診療床被視為禁區，非請勿入。

身上帶傷，便獲准進到布簾後方。在床上坐下，或躺好，保健室阿姨一面問原委，一面檢查傷勢，該冰敷的冰敷，該上藥的上藥。阿姨手巧，一整套動作行雲流水般，我睜大眼睛，視線來回察看傷口與傷藥，幾乎忘了疼。

說不懲屈是騙人的，只不過，某日無意間聽見隔壁班女同學發牢騷，說起體育老師尚連坐式管理，查出一人故意躲懶，全班交互蹲跳二十下，按人頭翻倍。美其名曰恨鐵不成鋼。

恨鐵不成鋼。我深吸一口氣，像我這樣的廢五金要造鐵煉鋼，不知還要受多少無妄之災。

爭高低，比輸贏，場上攻防越激烈，賽後友誼也就越牢靠。換言之，提前下場，人際網絡中差不多被判出局。跑不快，改拉單槓，再不然還能擲飛盤。腎上腺素飆高時什麼都能比，但無論比什麼，我註定兵敗如山倒。總之體育從未帶來苦澀以外的經驗，雖然，真正教我吃盡苦頭的，不正是我的身體嗎？轉眼看同學們英姿颯爽，越戰越悍勇，我自知斤兩，又惜皮，主動退回樹下。

救球與自救之間，肌肉記憶先我一步做出了選擇。回過神來，我也發現體魄既壯，膽魄亦隨之一肥，本來，體魄與膽魄彼此互為表裡。同在樹蔭下，有些人頗知砥礪圖強，展臂旋肩擴胸隨時待命，關鍵時刻上場，哪怕只掙個一兩分，也算是圓了半個英雄夢。冷板凳這一端，我不動如山，人家說牛棚深度決定勝負，但沒人指望我救援，我只要不拖累大家就夠了。

是什麼限制了我呢?心率,肺活量,四肢,手眼協調,平衡感。物理與心理的慣性。多年以後,偶然間讀到政治哲學家艾莉斯·楊《像女孩那樣丟球》,簡直不能同意更多。

球丟出去總要有人接,回傳,比賽才能繼續。傳給接不住的人,球只會彈出界外。關於我為何頻頻被球砸中這個不解之謎,事後歸納,除了運氣奇差,一遇到分組比賽,過往輝煌的保健室記錄也讓我成為敵方眼中的肥羊。球飛來,咚,別人保送上壘,我呢,又進了保健室。

天外飛來一擊。忽而正中前額,忽而劍指後腦杓。到後來,保健室阿姨已經見怪不怪，喊聲怎麼又妳呀，語氣極隨和，是熟人間招呼聲口。

躺在診療床上，雙眼直冒金星，內心反而奇異地感覺平安。電扇轉動著，驅散了暑氣，規律送來森森細細的風，涼而恍惚。酒精特有的揮發氣味，聞久了，整個人也彷彿虛飄飄的。皮肉痛這才真正開始發作起來。不鏽鋼檯面上，五六個玻璃廣口瓶一字排開，幾支鑷子，兩個小彎盆，又另備滿滿一罐酒精棉球。藥用廣口瓶以深色玻璃製成，由外觀不易分辨內容物，且不貼標籤，阿姨卻從無失手，大概類似局面沒少應付過。上藥時，身體也會本能地瑟縮，彷彿棉枝是球棒，棉花是球——阿姨一把拉住我，囑咐接下來幾日要仔細養護傷口，免得留疤。

隨著逗留次數增加時間拉長，保健室逐漸釋出了新的權限。和許多人一樣，上保健室，我喜歡趁機打量牆上的視力表，表上繪有不同方向大小的E，作視力檢查時，要求被測者答出缺口朝向何方。多看幾眼，不為自我檢測，未雨稠繆般反覆默背最下方那兩排針尖般大小的E，自以為能多記一點。

見狀，保健室阿姨索性從口袋裡摸出鑰匙，轉身開了書櫃。一整櫃全彩精裝圖鑑。抱在懷裡沉甸甸極有份量，一翻開，銅版紙如銀箔般光耀鑑人，肌束縱走大小血脈交叉，紅是猩紅，藍是藏藍，繁複精緻得不可思議。骨骼與臟腑，神經連動錯織，靜態中蘊藏一種異樣的光熱，收縮，舒張，然後又收縮。受造的忽焉有靈。遙遠彼處，時不時爆出一聲歡呼——我曾以為操場上的一切永遠與我無關，可是，好像不是這樣。我生平第一次朦朧意識到，有什麼在我體內膨脹，分裂，長出陌生的形體。

一頁又一頁。我目不轉睛，伸指輕觸身體為我敞開的奧祕。

我留下來。因為跌倒，扭傷，熱衰竭。一具不懂如何安放的身體所能遭遇的危險，遠比人們預想中多得多。

然後鐘響，下課了，無數像我一樣的人從樹蔭下走出來。

●○（偽）圖書館

推開門，走道底端吐出一道風，乾而涼爽，吹散了渾身燒熱。風像一堵透明的牆。深吸一口氣，我聞到空調中的油墨，粉塵，無數新紙摻混著舊紙的氣味，緊繃的神經馬上鬆懈了下來。

據說，幼時我大小病不斷，是那種讓父母分外掛慮的、體弱的孩童。話雖如此，我倒也有個值得誇口的優點：一提看醫生，別人家小孩一哭二鬧抵死不從，我卻絲毫不顯懼色。

我在這件事上之所以異常好說話，不是因為乖，完全出於誤打誤撞。幼年的我，對診所為何物懵懵懂懂，唯一印象，是診所有那麼多書——滿滿一整面牆，頂天立地，一櫃櫃分門別類收納整齊——咳嗽流鼻水固然難受，但我對閱讀的熱愛遠勝過這一丁點不愉快。全世界我最喜歡的地方就是圖書館，一切藏書豐富之地，在我天真的視線裡，都是圖書館。

因著這一點相似，對診所，我天然有一份親近感。

彼時，地區基層診所適逢盛世，眼科、耳鼻喉科、腸胃科、骨科……

內外婦兒林立，百家爭鳴。其中，生意最昌隆者，當數小兒科。

一九九〇年初，當時的生育計畫口號還是「一個不嫌少，兩個恰恰好」，多數人家裡至少生兩個小孩，一個發燒，另一個緊接著也就打起噴嚏來了。我家亦不例外。媽媽生產三回，皆求治於台南市忠義路二段上的葉婦產科，待新生兒呱呱墜地後，斜對面的小兒科診所順理成章地成為我家的家庭醫師。

名為小兒科，醫術卻不怎麼小兒科。診所全年無休，每日早中晚三節診，由三位醫師輪流駐診，劉親切，王儀表好，蔡深得我爸媽信賴。遇上流感尖峰，一號難求，得同時開兩個診。診所原為二層樓，後來遷址，還在同一條路上，只不過剩下一樓，空間遂劃分為前後兩半，看診在前，注射輸液在後。府城舊屋格局，門臉窄，縱深長，形制與江戶時代京都地區鰻魚寢床頗雷同，人潮一多，便自然外溢至騎樓。

掛了號，先在候診區稍待。診所不興掛匾額那一套，除了專科證書和執業執照外，僅在公布欄上張貼醫藥保健相關剪報，大人們瀏覽剪報，至於小孩，若不是將自己活生生哭成一座立體環繞音響，多半就被電動搖搖馬轉移了目光。

投了幣，搖搖馬一陣上下起伏，前一刻還一把眼淚一把鼻涕，轉瞬間就止了哭。搖搖馬深受孩子們歡迎，基本款的馬和火車威風八面，花俏點，再加上旋轉摩天輪背板，轉啊轉，七彩霓虹爍閃，人人都像天女下凡。

我對搖搖馬不感興趣，唯一吸引我的，只有書。

終於輪到我了。今天哪裡不舒服？一邊問，醫師邊翻開我的書——我伸長了脖子，只見字跡如符如咒如龍蛇游走，蜿蜒纏繞，實在看不出個所以然。解釋過病情，醫師復又提筆草草補上幾行字。我自幼痛恨感冒糖漿，奈何人小言輕，欠缺話語權，怕人家不把我當一回事，看完診總要特意多囑咐一句，別附糖漿，藥萬萬不可磨粉，我能自己吞。

診畢，書再次闔上。護理師們將書們暫時堆放在提籃裡，待下診後得了空，方一一歸位。至於我，我獲得一枚矩形章和一大包藥。紙本健保卡卡片背面共六個方格，集滿六枚章，向櫃檯換發新卡。

後來，我才明白此書非彼書。病歷有別於任何一種典籍，它會隨著病程與相應的治療而不斷增補，換言之，它是醫者與患者共同的寫作。儘管如此，病歷極少開放患者自由借閱，它一般僅流通於醫者之間，無故不得外傳。每回就診，看見病歷櫃日益壯大，冊葉堆垛擠壓，夾板起了波浪，假若有一日地震來襲，勢必土石流般轟然坍塌。我納悶，究竟都寫了些什麼呢？

寫過我的腳吧。中學時代，某次意外跌倒，左膝擦出大面積血肉模糊，事後，傷口因疏於護理而險些釀成蜂窩性組織炎。在家庭醫師建議下，每日上學前先赴診所換藥，之後再由爸爸開車載我到校。時值清晨，診間尚未開診，護理師們輕而柔和的笑語聲鈴鐺一樣，盪過來，飄過去。應該也記載過幾次預防性接種，以及各種保健諮詢。時光流逝，幾位駐診醫師自動升格為老劉老王老蔡，我記得老劉笑咪咪地問我，妹妹啊，高中分組打算選自然組還是社會組啊？

●●

余生也晚，當我終於以實習生身分正式踏入醫院時，病歷電子化已成大勢所趨。

紙本病歷的式微並非毫無緣故。紙張保存不易，怕潮怕蠹，且一向因笨重而為人詬病；而病歷從撰寫、編排、裝訂乃至歸檔，一道道手續皆需仰賴人工，厚厚一大疊，整理耗時費力不說，殘破、脫漏甚至張冠李戴等失誤時有所聞。此外，病歷傳送不是考驗了臂力就是損及椎間盤，患者一個早上連掛三科會診，病歷就得跟著滿場飛。是以病歷電子化固然艱鉅，但整體而言，算得上一片喜聞樂見，上至醫師下至傳送員，人人稱慶。

話雖如此，翻讀紙本病歷，仍然是一件極富推理趣味的事。披上白袍，取得病歷的讀者資格以後，我很快發現當年家庭醫師那一手龍飛鳳舞絕非偶然。準確地說，病歷的易讀性和年資成正相關：新進的住院醫師與護理師一筆一畫寫得清楚，然後，隨著年資積累，字跡日益潦草渙散，等升上主任，落筆差不多跟天書沒兩樣。字拙，文書作業煩冗雖是主要原因，恐怕也附加了防偽的作用。實習期間，每逢有餘暇，我便抱出一大本病歷，在墨漬與殘膠之間，見證病歷如何歷經塗抹、黏補、朱紅職章層層加蓋，一手轉過一手。紙本病歷按診別、種類和時間先後排序，有時你站在謎團前，抽絲剝繭，試圖從既有線索中梳理出一個完整的輪廓或方向；有時真相已經大白，能做的，只有善後與收尾。

患者出院後，病歷當在一定時限內返還病歷室。病歷室位於地下一樓，醫院的邊陲地帶，除了臨床工作頭兩年為了完成幾份被指派的作業以外，我少有踏足。只記得溫溼度和圖書館差堪彷彿，連綿書櫃也和圖書館無二致，唯一不同，是調閱病歷需另行填單申請，程序麻煩許多。

十八歲北上讀大學，當我第一次站在常德街和中山南路十字路口前，左邊是台大醫院，右邊是國家圖書館，向左轉向右轉，我曾以為那沒有任何分別。

置身於紙本病歷的黃昏，我心生悵惘，彷彿那意味著手工世代的沒落。然而，電子病歷的好處是如此顯而易見——最起碼，不必再對著滿紙鬼畫符傷腦筋了。繕打時，只要懂得善用快速鍵和複製貼上，能夠很快完成紀錄；紙本病歷搶手，將病歷放上雲端以後，找台閒置的電腦，任何人任何時候皆可查閱。顧及病人隱私，不同身分別開放不同權限，部分作業系統我能閱覽但不被允許編輯，另一些，連閱覽亦不能夠。

每個人的病歷都變薄了——病歷電子化使人產生一種錯覺，歷史前所未有地輕盈了起來。

滑鼠點開電子病歷系統，輸入帳號密碼，我流利地切換於不同頁面之間——分頁下，無數密密麻麻的標籤和註解。原來，身體是這樣被分割，解構為器官、細胞與激素，由鉅而微，爾後紛飛碎散，遁入虛空之中。

我鍵入幾行紀錄，然後登出系統。看著螢幕逐漸陷入黑暗，心中不能說沒有失落。

小診所裡，紙本病歷倒還暫時保留著。受少子化影響，門前蕭條了許多，護理師來來去去，唯有劉王蔡這鐵三角，以及負責調劑的余姓藥師，數十年如一日地守護著鄰里老少的頭疼腦熱。昔日的家庭醫師如今儼然老朋友一般，問寒暖，開處方，斟酌用藥時，老蔡也主動同我商量幾句。時隔十多年，我總算也迂迴地在我自己的書上留下了一筆。

什麼時候會改用電子病歷呢？我好奇問他。老蔡笑笑：「再幾年吧，打字的速度跟不上時代啊。」

因著醫藥分業，診所內砌起了一道牆，沒隔斷，從外邊看是診所鄰著藥局，內裡卻依然相通。繳了費，我走出診所，又旋即轉入藥局領藥。一陣腳步雜沓，背對著門調劑的藥師並未從而停下手邊工作，我靜靜候了半晌，不出聲，只因她的背影那樣專注而本分，像個最忠誠的圖書館員。

●○初老

早就已經開始了。

第一根白髮始終別具意義，事發前既無先兆，人自然不起防心，待瞥見鏡中反射而來的一縷銀光，已經晚了。

白髮與禿頭機轉雖不同，卻彷彿多有相通處，從何而來，什麼時候來，固然可以分類，但時間未到，人不會知道自己究竟分屬哪一類。心裡沒底，轉頭看一看，總有現成的範本可供參照。

姐姐長我五歲，當我還在滿地爬的時候，她已經準備上小學了。每天清早，她站小凳子上讓媽媽給她梳頭髮，髮黑而厚密，得先用寬齒梳梳開，接著換尖尾梳，分邊，細細梳整光滑。人不過丁點大，編起辮子來卻足有拇指粗細，辮尾拿彩色橡皮圈紮緊了，一整天甩呀甩的，又俏又精神。綁了幾年辮子，不知道是後來我媽對這件事已經徹底疲乏了，又或我髮量實在不夠她擺弄，總之，終於輪到我的時候，只得草草紮出兩撮沖天炮了事。

媽媽在這件事上偏心是有點緣故，老相簿裡，媽媽也有一頭黑鴉鴉的髮。姐姐顯然遺傳自她。頭髮豐濃做任何造型都容易，只一點，一旦開始生出白髮，拔起來也加倍地麻煩。

拔白頭髮有點像找出藏在森林裡的某片葉子，範圍太大，不知從何著手，十指箕張，翻過來耙過去，一寸寸地毯式搜索。既費眼力，也考驗指力。有時它長不逾寸許，徒手捏不住，用鑷子又缺乏施力點；有時生得太牢，得反覆拉扯數回才拔得下來，一拔不中，白髮立時卷起來。至於眼花手滑，一不小心牽扯到周遭黑髮，這些合理損耗便也只能任之輕飄飄地過去。媽媽身量高䠷，為了配合我，上身趴伏在桌面上，平時必須仰頭才看得清的人忽然間低下來，像天忽然黑。

髮上有膠，有油，有汗氣，甚至有皮屑陣陣飛落，滿手膠與油，黏呼呼的，幾乎令人疑心是垢。這樣一想，手指不自覺彈開，無論如何沒辦法再繼續下去；等了半晌，仍然毫無動靜，媽媽回過頭問我怎麼了，我遲疑出聲，拔了，過幾天還要再長，不如就這樣算了？

能夠輕易脫口就這樣算了，並非因為服老，反而凸顯了年紀實在太小，小得不足以理解何謂老。媽媽倒也不生氣，過了一陣子，連她自己也放棄了，「拔一根長三根。」她說。白壓倒了黑。她索性買來染髮膏，讓人工調出的色劑再次蓋過白。

三十以後，我也逐漸冒出了白髮。

只有當自己也站在同樣的關卡前，人才真正意識到第一根白髮的重量。隨後而來的第二根或第二十根，意義上區別不大，只剩下煩惱。

我在頭髮上從來用心有限。小時候跟著媽媽上家庭式髮廊剪髮，學生頭不分男女，均一價計費；長大後蓄起長髮，美髮沙龍的設計師問我意見，我一般沒什麼意見，唯一要求，長度需足以綁束。在醫院行走，披頭散髮難免要奪人膽魄的。對於髮，我看重實際面勝過時尚，不油膩不糾結即可，至於毛躁扁塌髮尾分岔無光澤，哎，這是煩惱人自尋煩惱絲了。像我這樣的顧客看似隨和，卻也讓設計師一身本領完全施展不開，設計師幾次細心教我吹整瀏海，就這一點工夫，我回去沒幾日立刻荒廢了。我不是缺少愛美之心，只是人貴自知，藉口手拙不染不燙不抓，懶了三十年，沒想到最後一關還是過不去。

和同齡人相比，我的白髮來得不算太早。朋友中不乏為少年白所困者，假若在學院或醫院內擔任教職或醫職，說不定還能因而博得莫名的信任感，儘管如此，內心不可能沒有過一絲絲悵惘吧。

早一點或晚一點，總要來的。初老是老的前奏，老之將至，身體隱約有些微預感，可是老將以何種姿態降臨，則茫然不知。

我不是不能欣賞滿頭銀白，但介於烏柔與銀白之間的灰階，那確實是比較惱人一點。對鏡除白髮，脖子歪扭成奇特角度，撐不了太久偏頭痛就簡直要發作，遑論視線總有顧及不了的死角；於是，偶爾返家時，晚上洗完澡吹乾頭髮我就趴在床上，讓姐姐拿鑷子一根根拔。因著我頭髮稀疏，姐姐出手便多一分仔細，換我幫她拔白髮時，卻經常拔到眼力不支，我忍不住感慨，欸，妳真是媽的翻版。「妳是不是嫉妒啊不要亂拔喔。」「反正現在由不得妳吧。」「喂。」姐妹倆自小髮量懸殊，白髮的好發區域卻意外相當一致：雙鬢、頂心、後腦杓……滿床散落著長短不一的白髮，有種難以言說的纏繞著的親密。

拔完以後，過不了幾日，白髮又無聲無息地探出頭來。如此往復無數次。據說，拔白髮會傷及毛囊，毛囊受損發炎，便恐怕導致永久性脫髮。只是萬黑叢中一縷白，特別醒目——自己看得見，當然也瞞不過別人。髮的社會意義大於生理功能，對女子而言，尤其如此；是以，如何以假亂真，但同時保有一份清醒，知道這一切不涉及假也無關乎真，實在是一門值得細細斟酌的學問。

我的為難，落在髮際線開始後撤了的朋友眼中，未免有點不是滋味。畢竟，動手撥一撥，髮與髮還能彼此掩護充數，無論怎麼樣，總比鬚髮落盡，遮無可遮染無可染來得好。

話是這樣說，我那遲來的愛美之心卻不因此而稍減。老化固然有更絕對的判準，腺體萎縮、關節磨損、血管壁鈣化狹窄……但這些絕對的度量衡深藏體內，人不得而知，僅能借由髮膚表象加以揣測衰老的進程。這也是為什麼髮膚永遠是所有美容保健廣告聖品的主戰場，內在深不可測，不如將目光移回外表。

膚的老化，遠較髮色改變微細，每一吋線條之張弛，表面之乾荒與光潤——肉眼既無法及時辨察，於是益發使人心存戒備。在東方，膚以白皙為美，然而再沒有比養出一身白嫩無瑕的膚更精緻的事了，膚怕晒怕皺怕氧化——偏偏這世上總有那樣多不請自來的磋磨，躲不開逃不了，只能受著，任它留下斑點與抓痕。

飛沙，走石，無所不在的地心引力。老到一個程度，也許就像那句老話所說的，全宇宙的力量都會聯合起來，把人往老的方向推上一把。

一步慢，步步就都落在了後頭。人到初老才想著抗老，是不是來不及了呢？身邊許多朋友早幾年就已經預先安排妥當，每月定期打雷射，除斑美白緊緻亮膚逆齡——現代醫學不僅實現了長生，連不老也不再是神話。將那凸出來的細下去，凹陷了的膨回來，這事總有一種彷彿造景般的樂趣，何況有長生而無不老，那麼，長生也不免讓人索然了。醫美療程收費不菲，負擔不來，起碼手機總是有的，打開美顏相機，一鍵大眼美肌小臉消脂，上妝，上濾鏡，柔焦到了極處，人人笑起來洋娃娃似的，千人一面。

膚猶如此，髮勢必不能輕輕放過。美顏相機不僅能調整髮色，對瀏海、髮際線甚至禿頭也各有各的辦法，患寡的增量，患塌的蓬鬆，截長補短化鬈為直，這虛擬的美髮術如此高明，反叫沙龍裡的設計師裡外不是人了。

然而，老的可見與不可見實在是一件講分寸的事，不及的時候嫌它太直白，過了頭，那近乎無懈可擊的完美本身又往往反向地讓人看出破綻。

我於是後知後覺意識到，老，而老得悅目，老得合時，真難。

再抬頭看看我的範本們——歷經無數次染了又白白了又染，現在，媽媽的髮色逐漸趨於平衡，一種斑灰雜糅著花白的顏色。至於姐姐，髮量不若以往，例行的洗護吹整便省去不少力氣，只是，她也開始盤算著染髮的事了。

而此刻，我眼沒花齒沒搖，雖然時不時翻出幾莖白髮，不過，在老的漫漫長路上，大約還是個新手。日日凝望鏡中的自己，我還有一點猶豫，還不確定要不要抵抗，要抵抗到什麼程度。

身體髮膚，髮膚無非是微末。髮之黑白，膚之飽滿膩滑與鬆弛多皺摺，那是微末中的微末。初老就在這種表面中露出端倪，是這樣枝枝蔓蔓的小事。

●○推拿

甫坐定，熱茶隨即奉上。緊接著櫃檯小妹跟過來問：「今天點哪位？」眼風掃過去，指尖一點，立刻有人去鋪床了。

簡直像古代帝王翻牌子挑嬪妃侍寢。

推拿店夾身於市場與醫院之間，以十分鐘為單位，行話叫做一枝，一枝一百元。收費廉宜，原因不外乎整間店除櫃檯小妹外皆是盲人。師傅們一字排開，一人對應一個號碼，客人叫了號，講明要按多久、著重哪些部位，躺下來拉上布簾就能開工。

客氣些，便喊聲師傅。師傅們著便服，外面套件短白袍，服色粗看與醫院裡的醫師相差無幾，大約取佛要金裝人要衣裝的意思，手底功夫深淺暫不論，白袍一上身，就先有了架式。

架式壯膽氣，至於底氣，一躺下來才能見真章。

先以指掌撫觸，探查肌肉緊繃程度，然後順著頸背脊緩慢推移，由表淺而深層，如犁地般來回揉搓拍打，一寸寸鬆動肌肉。從肩背一路酸麻痛癢地捏向指尖，往下，僵硬的腰久坐的臀，因跋涉而痠脹的雙腿，手到處，素日的小奸小惡紛紛顯形：翹腿、貪食冰飲、低頭滑手機……師傅如觀音，千手千眼，內外洞徹清明。

氣不通則痛，師傅如是說。

所謂氣，潛匿於血肉深處的經絡，經絡輸通血流與精氣，一旦堵塞，不可見的氣會逐漸淤滯，凝結成一顆顆實質的、像石頭一樣的東西。氣不可見，經絡不可見，可是氣結埋伏於日常坐臥行走間，卻能引發各種不可言說的痠痛，積累多時，便常感坐立難安。所謂牽一髮動全身，疼痛是肉體的總罷工。

店裡師傅門派各異，手法側重自然有別，有的以取穴撥筋見長，有的精擅整骨，倘若設備允許，輔以熱敷油壓、艾灸或拔罐者也不在少數。既是徒手整復，一身功夫全在一雙手上，十指是基本，必要時掌、肘和膝蓋都能上場，加強按壓摩揉。法門雖繁，手法生熟一試即知。

盲人探穴，全靠筋肉反彈，是否較普通人艱難我無從得知，但生手猶如摸象，老手卻十拿九穩。手勁直探經絡，忌用蠻力，筋肉氣血彼此連帶，熟手憑一股巧勁就足以撥亂反正。微駝的背側彎的脊，乃至走跳時扭傷的腳踝，一經調校，臟腑筋肉便各歸其位，重新運轉起來——肉體像一捲磁帶，忠實地記錄受過的傷病或過度使用後的磨損，年深日久，難免冒出雜音，那是權充為隱私的一道布簾遮也遮不住的，或悶哼抽氣，或呼痛告饒。

對此，師傅早已見怪不怪，嘴上安慰幾句，手下卻毫不含糊，一張一弛，穩穩地拿住痛處。待筋骨鬆開，神思自然困倦，店裡夏天開了冷氣，入冬後則在床單下墊一床電暖毯，加倍地助眠。鼾聲起伏如潮汐，偶爾冒出一兩聲異響便尤其分明，於是唱者羞恥聞者尷尬，簾幕低低搖曳著，空氣中無端生出一縷曖昧不明的浮想。

這一刻，再思無邪的人也不得不屏息。

整復見效較緩，一來二去，過路客留下來便成了熟客。倘若再嚴重些，大概就直接跑醫院了；再輕些，就忍著。偏偏這樣不上不下，逼人不得不耐著性子調養。

熟客通常各自有其擁護的師傅，除非師傅無暇顧及，熟客又不願等，否則輕易不換人。熟客越多，師傅收入也就越穩定，但客人挑師傅，師傅也會挑客人——當然不能夠明著挑揀，只是，一個客人是不是「好菜」，大家心裡有數。所謂好菜，用負面表列比正面表列來得容易，簡言之，身肥筋硬愛挑剔的，都沾不上好菜的邊。店裡生意起伏沒有定數，好菜來得勤，不只保障了收入，自然也會降低接壞菜的機率。

推拿店近午開門，至晚上十點才打烊，一整日下來也分尖峰離峰時段；午後生意清淡，師傅們枯坐在沙發椅上，閒來便扭開收音機打發時間，喇叭大約用得舊了，歌聲輕軟又含糊，有人跟著開口哼幾句，有人指點了幾句，間或穿插一兩句葷段子。因著近身，師傅們少有抽菸的，講幾句玩笑話卻彷彿無傷大雅，說者不避人，聽者亦不忌諱，若湊巧遇上膽大的阿姨，反將一軍，滿室笑倒一片。

下午四點，作為店裡唯一的眼明人，櫃檯小妹負責打電話訂晚餐。師傅們一日兩餐飯都在店裡用，多半訂盒餐，大塊肉，滿滿一碗飯。麵條不經放，湯水一冷卻油花便凝出無數細碎脂塊，再者，推拿是體力活，麵食較米飯頂不住飢。訂了餐，補了茶水，隨手撣撣玻璃牆，等黃昏後人潮紛紛自附近辦公大樓湧入，店就忙起來了。

初來時，我也曾是黃昏時段的一員，滿臉疲色地躺倒，時間到，師傅外套裡的計時器一分不差地響起來，便再度返回作息顛倒壓力山大的日常。幾次以後摸清生態，我便時常錯開尖峰時段，改約午後。

午後人少，師傅們較有餘裕問寒暖，指示吐納調息。這時段能撥空上門消乏的，多半是退休人士或家庭主婦，生活圈也許比較單純，生活壓力卻似乎只多不少，乳酸與睡眠債償還了又蓄積，無計可消除。阿姨叔叔們倒不急，照樣按時報到，談興亦不減，話匣子一開天南地北無所不能聊。

聊得最多的，是枝數。店裡僱師傅若干，談妥抽成，便安排師傅輪流等叫號——做多做少，除了真本事，也要靠點運道。運道好，客人一次喊了兩小時，折合十二枝；運道不好，賺個兩枝低消，從頭排隊再來過。假若不巧今日生意遲遲不開張，勉強輪完一輪，一天就過了。每日薪酬既以枝數計，師傅之間難免互相比較，久了，熟客也知道規矩，雖說這事原本和客人不相干，不過人人都愛打聽，枝數一多，就跟著起鬨要師傅掏腰包請客；少了，碰上當天不趕時間，便發發善心，多加個一兩枝。

闔眼躺在整復床上任人搓圓捏扁，四肢不得動彈，耳目卻還靈敏，我常豎起耳朵偷聽大家閒聊，偶爾也主動發問：抽成怎麼算？雨天影響生意嗎？抹藥油是否真有奇效？幾回下來，他琢磨出我愛聽故事，於是也多能投我所好。有一回，師傅告訴我今天早上接的一位客人彷彿是同行，「怎麼知道的？」「一摸手就猜到啦，手指生了好厚一層繭。」付錢時我假裝不經意低頭，果然，也生了厚厚一層繭子。

眼明人用眼看，盲人眼不能視物，便伸手去摸。但視力並非全有全無，我不確定他能不能看穿我的小動作，下意識顧慮，好在他總之沒說什麼。

視力留下的空白，聲響和觸碰將取而代之，每回打電話過去預約療程，他總能一下子反應過來，也總能夠從聲音的起伏變化中敏感察覺我的狀況。我呢，從他身上涼森森的藥油味兒推測今日進帳多寡。

推拿店競爭者眾，整日枯坐板凳的，一個月裡總會輪到那麼幾次，即使如此，師傅流動率也不高，畢竟市場供需穩定，到哪待遇其實都差不多。要出頭，除非自立門戶，否則遙遙無期。人爭一口氣，為了攢錢，白天便得另在車站或企業找份差事，算是謀份基本收入，傍晚再到按摩店報到。師傅也是肉做的，終日勞作，酸痛悄悄地上了身——指關節變形，肌腱炎，下背痛——長年替人按壓解乏，十指游移過千百具鬆散歪斜的陌生軀體，然後，有一日，自己竟也成為其中之一。

掌藾事小，傷病事大。按理，本該休個幾日養傷，但推拿店全年營業，只得強撐著。作為一門手工業，推拿拆解筋肉，再一一重新鍵合，善解者如庖丁，被調理的，便彷若刀下之牛。庖丁與牛，一人難以分飾二角，幸而同行中多有過來人，找張閒置的整復床，就地推揉活絡一番。這樣的保健時段，通常也在下午出現。

我側耳細聽，簾幕彼端傳來陣陣痛呼聲，其聲嘔啞嘲哳，和尋常人一般無二。

過不多時，那好意出手相助的先出來，踱步去洗手；又過片刻，床簾唰一聲拉開，那帶了傷的師傅彎腰捲起床單和紙巾，噴灑酒精，著手鋪整新床單。黃昏又近了，櫃檯小妹開始忙著張羅茶水與玻璃，轉眼間，客人又要光臨了。

●○躺著這種病

躺著的時候，天忽然開闊，肩背鬆懈下來，薦椎微微下沉，四肢平貼著，血流暢通，元神歸位。

床當然非常理想，沙發次之，然後是桌椅或地板。標準降到最低，給我一個平面就好。

躺著，最主要當然是為了睡。既躺平，眼睛自然闔上，隨即沉沉睡熟。世間諸事盡隔於眼皮之外，不見不煩，最能解憂。

即使不睡，躺著也能做許多事。我習慣睡前讀幾頁書，多半是雜文或推理小說之類，比起端坐案前，此等閒書躺著讀反而更容易讀進去。聽音樂，躺著聽不比站或坐著差，那何不躺著。平日滑手機玩遊戲瀏覽社群網站，也躺著。總之，除了吃飯洗澡，沒有什麼躺著不能解決的事。

但話又說回來，既然都躺著了，為什麼還要給自己找事呢，什麼也不想什麼也不要做，方為躺平正理。

年紀比較小的時候，當然也會無數次被大人們出言糾正，或恐傷眼，或恐有礙睡眠，或恐招致一身筋骨痠痛。我感覺以上這些害處頗常見，和躺平無關。

所以我繼續躺。一上火車或飛機，立刻搖低椅背，外套拉至下巴，有窗靠窗，無窗便支著手臂，往往飛機尚未升空，我已就地入睡。送餐就爬起來吃，吃畢，倒頭接著睡，睡到目的地為止。瑜伽課堂上，經過一連串激烈的彎過來折過去，滿身大汗仰躺在教室木頭地板，全身放鬆，整個人沉甸甸的，如千斤重。大休息後的甦醒，和普通醒覺不同，像回魂。

隨時隨地都求一躺，未免叫人側目，但與其說這是健康上的考量，不如說是顧及體面。認真說起來，在人前躺著這種事，其實有點挑人，貓狗終日憩於騎樓花蔭下無礙，而人呢，非美人不足以橫臥。

我雖非美人，這一點上，卻頗樂於效顰。二〇一四年三月下旬，濟南路的帳棚裡，在拒馬與標語之間，黑暗中我和衣躺倒。許是接了地氣，胸中忽然靜下來，轉頭向同伴感嘆：「啊這是目前為止這一生中我睡過最昂貴的地段……」，竟生出苦中作樂的餘裕。

日常中固然能躺則躺，出門在外，比較長程的移動就順勢在車上補眠，午後睡意襲來，事先安排咖啡店行程，邊喝飲料邊打盹。沒有車也沒有咖啡店的時候，我就回旅館午睡。躺平契機不會憑空而降，得善用餘暇，為自己創造。

許多時候，的確非躺著不足以成事。宋元時期流行〈四睡圖〉，繪豐干、寒山、拾得三位高僧與虎同眠之狀，三人一虎睡成一團，睡都睡了，怎麼能不躺著。林布蘭受阿姆斯特丹外科醫生行會委託的〈尼古拉斯．杜爾博士的解剖學課〉（*The Anatomy Lesson of Dr. Nicolaes Tulp,1632*），畫面聚焦於僵白屍身，必須是躺著，否則畫風丕變，立刻成了湘西趕屍。但誰也比不上耶穌，耶穌被釘，三日夜後復活，在各各他的洞穴中，耶穌想當然耳是躺平的。

但人，很可能，不是設計來躺著的。演化到了這一步，人可以走，追趕跑跳碰，卻不能終日躺著。久躺之下，肌肉迅速萎縮，皮膚長期受壓造成破損。幸好，現代人過勞者眾，擔心這個大可不必。何況直立不是毫無代價，直立迫使脊柱重新構建，骨盆變得扁而寬，隨之而來的問題是難產、下背痛和膝關節退化。

從魚到兩棲到爬行到哺乳，直立的確是演化史上億萬年難得一遇的奇蹟。

當然我心中不是沒有直立的典範，比如台灣雕刻家黃土水〈甘露水〉，少女半眼微張，臉龐微微仰起，神態既稚嫩又凜然不可侵犯。即使是我這樣鍾愛躺著的人，也忍不住受到藝術中的神性打動，承認直立才是文明的開始。

不過，我可沒忘記〈甘露水〉一度塵封長達半世紀之久。這樣一想，我立刻又躺下來了。

●○一分糖

「今天想喝點什麼？」

手搖飲料店裡，負責站櫃檯的經常是個妹仔。妹仔一身輕裝，正合乎手搖飲料店裡終日的冰沙飛旋熱茶澆落，且記憶力尤其過人，無論什麼隨機組合都能複誦無誤。待飲料完成，雙手奉上。

訂飲料的，多半也是個妹仔。辦公室裡的妹仔。協助訂飲料這種每日例行事務，其實毋須特意指派，略有眼色的人都知道該怎麼辦。時間一到，自動自發拿紙筆彙整意見，收錢，打電話訂餐。

喝手搖飲，決定喝什麼只是第一步，容量，甜度冰塊，加料不加料才是重點。聽說軍中常以請菸作為破冰手段，抽和不抽，儼然分為兩個小團體，手搖比菸更好，純茶奶茶水果茶，加珍珠加蒟蒻加布丁加冰淇淋，繽紛撩亂，各有各的擁護者。只要有心，不難從中找出話題。

跟著大家訂手搖，起初的確不無社交考量，差一杯外送，能不跟嗎？但如果說其中絲毫沒有貪圖口腹之慾的成分，這未免太矯情了。熱天裡消暑，忙亂中減壓，為清口，為解鬱，為止渴——藉口用完了，仍然隨時拎著一杯手搖飲，簡直像上了癮。之於我輩，手搖不僅是甘霖，有時它幾乎等同通用貨幣，同事間打賭，以手搖飲作注，無論輸贏都不傷感情；臨時開會加班，來杯手搖吧自我犒賞一下辛勞。

仗著年輕，我一向不忌口，下午茶消夜來者不拒，尤其熱愛甜食，殊不知代謝隨年紀增長而趨緩，越營養反而越負擔。某日，換上制服時我發現褲頭——哎呀，怎麼好像有點緊。從小瘦到大的我一時接受不了現實，待回過神來，立刻痛下決心減重。

按各人耐受度和期望值，減重發展出許多方法。除了最激進的幾種，餘者不外乎強調少吃多動，支出大於收入，不瘦也難。我算出自己的每日總熱量消耗，一千五百卡，這就是我一日熱量的上限。

回頭檢視每天吃了什麼，我一眼發現問題出在哪。

粥粉麵飯，正餐後繼續追加水果甜點冰飲，糖給予的快樂如此唾手可得，而且低成本。一塊甜甜圈索價三十元，和烤牛肉或堅果生菜沙拉相比實惠得多，如果硬要說有什麼缺點，大概是欣快感極短暫，為了延長它，只得不斷拆開包裝袋加強補給。糖固然是燃料，但一口塞滿過多燃料的爐子並不保證火力暢旺，缺乏對流，火勢竟也會漸漸地轉弱。

減醣可以，只是，對像我這樣一個熱愛澱粉與甜食的人來說，完全禁絕不啻為異端。和任何一種壓抑欲望違反本能的行為一樣，減醣講節制，重紀律——非如此不能長久。為了行得正走得遠，我決定採取寬鬆策略，佛系減醣就好。

所謂佛系減醣，一言以蔽之，不躁進不貪快，一切以空間換取時間。飯量減半，東坡肉三杯雞剁椒魚頭這一類白飯小偷都要盡可能避免，最好統統換成舒肥雞胸。蔬果須吃足。練習從食物種類、份量與烹調方式推估卡路里只是基本，更要緊的，是今日帳今日結清，小心提防超支。至於手搖飲，我查了一下，發現全糖約略等於十顆方糖，原本我慣喝一分糖，經換算後，約合一顆半方糖。這一顆半方糖從前不覺得有什麼，此刻卻委實太多了，我咬了咬牙，決定手搖繼續喝無妨，但甜度得自一分糖下調至無糖。

沒問題，能吃得飽。

吃得飽歸吃得飽，箇中樂趣，卻不免要打個對折。坊間手搖飲料店一般顧不上茶葉品質優劣，這項短處平時多賴糖水遮掩，一旦不放糖，忽然間澀的澀苦的苦，原形畢露。說不幻滅是不可能，但縱有千般不是，橫豎好過沒滋沒味的白開水吧。而我也發現，我其實不像我所以為的那樣好肉食，遑論雞胸——每次吃雞胸我總會想起我阿嬤，她那一輩人，尤其女人，雞腿僅在產婦月子期間才有資格享用，倘若見到我捨雞腿而就雞胸，想必逃不了一頓罵，順帶嘮叨幾句囡仔人不知好歹。

我的快樂，來自那始終不變的部分。我喜歡將米飯堆得尖尖，假想湯匙是怪手，一勺一勺緩慢掏空，在碗中挖出峭壁和河谷。我將米飯量出來，一勺，兩勺，沒有了。

這樣吃，自炊是最理想的。假如外食，吃飯又比吃麵容易些，飯匙左右撥一撥，添減無非只是順手之勞；麵以球為單位，讓麵攤老闆下半球麵吧，形同給人找麻煩。偏偏我一個人，吃麵比吃飯省事。偶爾遇上老闆熱心多問一句吃這麼少不餓嗎？我笑笑，答以不會啊。

不餓才怪。

米也好麵也好，幾個小時後，胃腸又開始蠢蠢欲動。比起生酮飲食或168間歇性斷食，減醣溫和得多，但我還是餓；缺乏醣類的飢餓像一簇簇火苗，起先，它只是試探性地撩撥你，你不為所動，然後它點燃臟腑，企圖逼盡臟腑裡的油脂。我連忙低頭猛吸幾口手搖飲——無糖飲料充其量不過是安慰劑而已，卻總還是聊勝於無。然而它並不上當，一路火燒火燎，以胸腹為據點逐步擴張領土，直至透背而出。飢餓將我整個人燒穿一個洞。我不曾真正經歷過饑荒，我想，那是演化過程中保留下來的遠古人類的記憶，或本能。人是鐵，飯是鋼，一下子少了許多醣，人便像幢海砂屋，表面看上去毫無異狀，其實隨時要塌。

飲食型態改變瞞不了人。同事們問明原委，一面打趣學人家吃什麼仙女餐呢，另一面主動扮演起監督的角色，當我心志不堅時出言提醒，轉過頭，見我餓得頭昏眼花，又遞來兩片蘋果。

半個月過去，瘦沒瘦一時看不出究竟，但精神似乎煥發些。不知道是不是錯覺，身體彷彿較從前敏於血糖變化，我想像血液在血管中流動的情景，過去之我，老廢鈍濁多雜質的我，正緩慢汰舊更新。這樣一想，心裡遂自我感覺輕盈。

只是，與此同時，錢包也差不多見了底。

從精緻澱粉轉向肉魚豆蛋果蔬，無形中，我往食物鏈的上游跨出了一步。過去我吃玉米，如今，能量由玉米經牛隻轉移到我身上，繞了一圈，自然要多付代價。糖固然是奢侈品，然而減醣也自有減醣的奢侈。

同事鼓勵我試試運動，多消耗一點，就多個理由吃糖。聽起來很有道理，雖然，我懷疑這對一個志在佛系減醣的人來說似乎太認真了。我選了間離住處步行十分鐘可達的健身房，問清計費方式——入會費，月費，初學者的話建議請教練指導，那麼，再加上教練費——計算機飛快敲出一個數字，個十百千萬。我向對方道謝，禮貌性表示容我再考慮幾日，內心卻已經打了退堂鼓。

下班提前一站下車，郊區捷運站與站間隔較遠，手機充當計步器，日行萬步，勉強也算運動吧。這一路沒什麼景致，不是大樓就是工地——若無意外，未來某一日，工地也會變為大樓——那夾縫間，有一小攤車，暫棲於他人簷角下，彷彿與周遭一切發生中的成住壞空盡皆無涉，自顧自賣著雞蛋糕。每回經過，高樓風如千層浪般迎面撲來，我深深吸一口氣——麵粉混合著奶油的甜香宛如實質，絲絲縷縷，鑽入我渴糖的身體。

曾幾何時，糖成為萬惡淵藪，人人避之唯恐不及。米與麵首先慘遭刪減，根莖類和水果亦需戒備，最後，連一年一度的粽子、湯圓和年糕都要忍痛割愛了。別人是有醣皆孽，偏偏我一向無糖不歡，一吃到糖，神經立刻像接通電力般亢奮地發出尖叫。

我不吃。我咬緊牙關苦苦克制著，一面又忍不住豎起鼻子，新鮮出爐的雞蛋糕聞起來又暖又濃，多麼令人貪戀。不能吃，聞一聞總不犯法吧。

步行返家還有另一個好處。這幾年，便利超商紛紛推出即期鮮食折扣，折扣前後，差額約略等於一盒沙拉。這樣划算的好事，別人當然也注意到了，不少顧客專挑即期品下手，甚至預先截在手裡，藉故拖一會等進入折扣時段才走向櫃檯結帳。

白天靠意志力自我約束，入了夜，躺在住處的單人床上，防線一時之間薄弱起來。

我仍然強烈地想念糖。我無法否認。這種時刻，想的當然不是西敏司和他的糖，而是最簡素的糖——立方體，裝盛在深淺雙色綠紙盒裡的方糖。維生方糖。我一遍又一遍地默唸著這四個字，好像它維繫的生是我之生。我幻想自己將它們倒出紙盒，計數，再一顆顆裝回去；方糖表面略粗糙，一碰，就蹭下些許糖粒，邊角尤其不禁碰。溶解時，往往也由邊角先開始。黑暗深沉無邊際，方糖在我指尖下來回滾動著，晶瑩燦爛不可方物。渴望像一盞聚光燈，將被渴望之物照映得無所遁形——我錯了，真正無所遁形的，應該是我。

我這一代比起任何一代人吃掉更多糖，可是，我猶未饜足。閉眼假寐，內心數方糖如數念珠，可是方糖畢竟不是念珠，念珠越數越靜，而我體內全身細胞躁動煩亂難安。到這地步，即使能睡得著，夢中很可能也會化身螞蟻，徹夜搬運糖塊。起身開冰箱，給自己倒半杯豆漿，小口小口慢慢喝完，然後重新躺回去。

面對我的刻意減量，身體自有其對策。隱隱有一道界線不容侵犯，每當我試圖迫近，它隨即趁我不設防時還以顏色。具體而言，像是飲食控制如果推進得不錯，轉眼間，就糊里糊塗多買了一份蔥油餅。這內建的校正機制純粹源於生理自我保護，但幅度太過劇烈，反而壞事。報復性進食特別令人沮喪，我時常覺得有兩個我共存此身，舊我不死，時時搶著吞下更多。

類似狀況發生過幾次以後，我也學會偶爾放自己一馬，適時給點糖，以免它又搗蛋。

每一分糖都得來不易。我懷著近乎虔誠的心情咀嚼全麥吐司，唾液將澱粉分解，泌出淡淡甜味。同時，新的疑問浮現，手搖飲料店裡的全糖珍珠奶茶究竟都賣給哪些人？

我繼續喝我的無糖手搖。就這樣過了一季，某日同事對著我上下好一番打量，問我是不是瘦了。有嗎？我低頭摸摸肚子，肚子肉團結如故，但褲頭好像沒那麼緊繃了。不過，也可能是褲頭繃得久了，撐鬆了。又摸又看研究了老半天，到底也沒個結果，同事提醒我減醣貴在持久，我想到存摺上的數字，臉上露出不置可否的表情。

那天傍晚我照例步行兩公里返回住處，路上，工地與大樓一如既往地敲敲打打。煙塵漫天。忽然間我有點開竅了，眼前拆而復蓋蓋而復拆的循環並非毫無目的，工人們正忙於將房間隔成許多更小的房間。

越隔越小的房間，正好容納越來越瘦的身體。我停在那裡看了好一會，想不起有哪個我認識的同齡人負擔得起眼前的新屋，也想像不出裡面要怎麼住個胖子而不顯侷促。轉過頭，目光下意識地尋找雞蛋糕，不知何故，攤車竟收了，連人帶車消失得乾淨徹底。

隔日，到了訂餐時段，我又點回了一分糖。

●○乖乖

說它是零食，未免屈才。說它不是，乖乖怎麼會不是零食呢？

誰都吃過乖乖。郊遊或聚會中，拆一包乖乖，轉眼就有三五人圍上來吃個精光。吃乖乖，分食遠勝於獨享，因其便宜，請的人不肉痛，被請的也用不著推讓客氣。我對乖乖談不上特別好惡，人家遞給我，出於禮貌，隨手拈幾枚吃，沒吃著也無所謂。

主動買乖乖，認真算來，是進醫院工作以後的事了。

在醫院，許多人忌食鳳梨，鳳梨主旺。同理，不吃鳳梨酥。至於鴨胸芒果西瓜每日C柳橙汁，為保險起見，最好一併避開。類似謠言在醫護之間流傳甚廣，信者鄭重以對，不信者不置可否，到底也不敢攖其鋒。

起先，我不太以為然。值班忙碌與否，對我來說，與工時、負荷量、工作搭檔乃至氣候寒暖有關，與飲食無關。相較於我的理性，多數人寧可信其有，最後折衷出一個辦法：上班該守的規矩統統守，下班照吃不誤。選擇性執法容易落實，且同事間不傷和氣，於己於人都不委屈。

一行有一行的講究。這一行，尤其看重命格運數。有的人一夜開出七張死診，有的人無風無雨，一覺到天明。憑什麼呢？憑人家命好。我自覺命還可以，比上不足，比下應該有餘，但命再好也難擋流年不利，幾次上演帽子戲法——足球場上的美技，挪至醫院裡，引申義變為一個班內急救三回——忙得腳不沾地，連喝口水的空檔都擠不出來。我沒當一回事，反倒是趕過來幫忙的學姐說話了，天啊妳真的是強勢回歸欸。有嗎？學姐白我一眼，「啊妳就人形鳳梨。」

人形鳳梨什麼的，我差遠了。但一物剋一物，鳳梨呢，就得用乖乖來降。

護理站醒目處經常擺包乖乖，消災解厄鎮邪祟。待數週、數月以後，法力逐漸失靈，再重新換上一包新的。乖乖以奶油椰子口味為限，拆封、過期或改用其他口味代替形同無效；一進入鬼月，除了全院普渡供桌上堆滿乖乖，各單位還會預先備下增量版，祈求法力翻倍。

不知是心理作用使然，抑或確然靈驗，請出乖乖壓場以後，接下來總能暫時平靜好一段時日。醫療劇裡，場面越生死攸關越能凸顯醫職之神聖，耳濡目染之下，我一度也曾心生嚮往與敬慕，沒想到數年後輪到自己，過往的豪情壯志盡皆煙消雲散，只求平安下莊。

那麼，便姑且信之——

我打定主意再不碰任何富於招財寓意的食物。偏偏這世上有些事越平常心越沒你的份，一旦刻意相避，竟反而繞不開。這年頭鳳梨酥儼然國民伴手首選，人情往來，每每攜上一盒。這盒鳳梨酥就這樣擺在值班室桌上，一放好幾日，每回瞥見，內心再度陷入糾結，吃，還是不吃？轉眼看見牆角的乖乖，哎，眾神有知，想必也為難。

飲食易於檢視，但這只是整套潛規則中的一小部分。透過前輩與同輩間口述，我慢慢見識到這套規範不但極牢固，且囊括全面，暗暗馴化置身其中的每一個人：加護病房護理師告訴我，眉長象徵壽數，老一輩素有長壽眉之說，她們日日為患者淨面，鬚髮可落，眉毛卻紋絲不能動。我一邊點頭稱是，一邊順手在病歷上蓋章，見墨色淺淡，護理師熱心拿來一瓶紅墨，我連忙阻止：「值班時不能補墨水，一補，接下來就要開工了。」信仰與禁忌互為因果，相生又相剋，內化為我輩言詞行止的準繩。

潛規則不講道理，甚至不科學，但它的缺點並不妨礙其通行無阻。對此，我說不上反感，頂多感到奇妙的違和——我們言必稱實證或臨床指引，然而這只能讓理性得以描繪的世界顯得更具說服力，卻絲毫無法解釋另一股無以名之的力量。科學與鬼神一邊一國，雙軌並行，前者構成診斷與專業術語，後者則充作社交的材料。

共事日久，同事間誰旺誰太平，根據病床、急救與死亡數便能一窺究竟。私底下，我們編了個排序，自人形鳳梨起跳，分級若干，各人按表現逐級晉升，最高級便尊稱為C王母——像這樣半是挖苦半是恭維的封號，當真未免受氣，然而，所謂社會化，經常不過是禁得起挖苦，耐得住恭維。基於微妙的自尊心，當事人自然打死不肯認，但輿論既定，說得越多，彷彿就越心虛。C王母見慣大場面，一起搭檔值班，什麼疑難雜症突發事故都輪流找上門，命該如此，怕是正牌西王母也無可奈何。這種人若為師長或資深學長姐，勢必成為眾人的靠山，但C王母不是一天修成的，功成之前，先苦了一眾陪練。

C王母人多勢眾，單靠一包乖乖不足以定江山。這時便要全力發揮美術天分：拉支點滴架，在乖乖背面黏上雙面膠，由底部一路向上堆出一棵「乖乖樹」，點滴架底部安有滑輪，於是這棵乖乖樹便也能自由來去了。人貴自知，每逢休假日，C王母四處求符點燈買御守，眾神無國界，能拉幾個助陣算幾個。

理論上，C王母之流大可不必受潛規則掣肘，反正看不出顯著差異。不過，事實正好相反，C王母們輕易不越雷池半步——與其說是盲從，這種信或許更接近某種表態，宣示與共同體同進退的決心。

人各有命，飲食便如風水，能左右一時吉凶，卻無法扭轉乾坤。然而乾坤遙不可及，且顧眼下，用一日的守序換取萬事乖乖，對絕大多數人而言，怎麼說都是椿划算買賣。一日，然後又一日。類似規範，據說在警消、科技業也適用。信仰既普遍，不但省去一番唇舌，還免於被譏為迷信的尷尬，我不由得鬆了口氣。

信或不信，靈驗與否，有人繪聲繪影，有人人云亦云。到頭來，乖乖和鳳梨酥只不過是符號，承載著我們對懲旺揚乖的期待。

近幾年，結合在地農產，各地紛紛推出限定版米乖乖。出門旅行，我開始留意這些平時不易蒐集到的隱藏版，洛神、咖啡、烤地瓜……物產豐饒，勾勒出一張活色生香的地圖。我買下它們，但並不為了嘗鮮，純粹只是討個吉利而已。外求不如自給，我的C王母友人顏天生帶財，好友們集資送了她一只乖乖聯名行李箱，支援偏鄉時拉了就走，堪稱行動版大型護身符。

她傳來照片，乖乖大神威風凜凜，一路相隨。我失笑，拉一只辨識度這麼高的行李箱走在路上，大有種遶境般氣魄。

鬼神之事，我心存敬畏，卻無能論斷有無。或許，這是何以迷信始終不止，一代代口耳相傳。迷信當然也是信。有信仰的人，總能在這無常人世中行得穩，走得長。

——●○鐘

點開手機中的鬧鐘，二、四、六、八、十……從午夜到午夜，共計二十二只鬧鐘。

一個時區設兩只鐘。二十二除以二，換言之，我每天隨身攜帶著十一個時區。

我並非移居俄羅斯——俄羅斯東起堪察加半島，西至外飛地加里寧格勒，正好橫跨了十一個時區——之所以身懷數十只鐘，是因為它們共存於此。此時此地此身。

●●

初入醫院工作，日常中最大變動，與時間有關。

首先，時間不再是自己的了。學生時代，早上睡過頭翹掉第一節，下午提前十五分鐘溜走，皆屬尋常。當時我租屋於學校後方的小山坡，自小坡上走下來，不過七八分鐘腳程，我又一向有午睡習慣，中午回去補個眠，趕在鐘聲響起前拎著午餐踏入教室，左右一張望，咦，根本還有好些同學沒到齊嘛。

捧了人家的飯碗，自然不能再這樣隨心所欲。日日早出晚歸。資深同事叮囑我，除非萬不得已，否則盡量不要任意請假。每日每人輪值區域皆已事先分派完畢，一個蘿蔔一個坑，臨時缺席，難免給人添麻煩。我虛心受教。當一天和尚，敲一天鐘，這點人情道理我還是懂的。

敲過鐘，換回便服，打卡下班回宿舍。

宿舍是女生宿舍，四人一室，附衛浴。廚房和洗衣間屬公共區域。初搬入宿舍，起初我一度不太能適應，四位成年女性同住，空間逼仄之外，隱私也著實少得可憐。如果說學生宿舍尚且有幾分青春浪漫情懷，等踏入社會，還住宿舍的大概只剩下女工。唯一優點是離醫院近，無論晴雨都能準時上班。幸好，煩惱並未持續太久，很快我發現宿舍裡幽靈人口不少，這群人頂下床位，但一年不過暫住兩三日——通常就是颱風天。拜幽靈人口之賜，其他人獲得比原有規格稍高一點的生活品質。

房門一貫上了鎖。摸出鑰匙，轉動門把後推開門，剎那間，一室黑暗流瀉而出。

房內終年昏暗，白日密密拉上窗簾，入夜後大燈不開，醒著的座位捻亮桌燈，燈泡照幅有限，一應器物，一旦被推至光照邊緣，彷彿沒入蟲洞般從此失去下落。走動時，分外放輕手腳，在輕而勻的鼾聲中慢動作出入。

刻意維持昏暗，主因是隨時有人處於睡夢中。班別不同，作息隨之調動，時而朝九晚五，時而值夜，久了，即使同居一室，彼此也難得碰上一面。各過各的日子，無所謂交好與交惡，只是，睡夢中間或冒出的窸窣響動，打字，剪指甲，開門或關門，知道房間裡還有除了我以外的人在。

開始輪班之後，前輩們總會熱心分享作息調整心得：有人無論上什麼班別，回到家一律摸個五六小時才上床就寢。有人能睡則睡。最怕是想睡又不能睡，遇上這種情形，只能靠喝咖啡提神。不過，別人的辦法僅供參考，實際上還得自行摸索出一套適合自己的作息。如果下夜班當天沒有約，我通常洗完澡後倒頭就睡，這一覺，多半四五個小時不等，醒後常是午後兩點。走出宿舍覓食，這時午餐時段剛過，晚餐又離得還很遠，青黃不接，只能找些點心裹腹。大概像我這樣的人不少，醫院附近店家一波換過一波，幾個販售蔥油餅、刈包配四神湯之類的小吃攤卻總是忙得陀螺轉。

吃飯容易解決，問題在社交。週一到週五白天我的朋友們認真工作，等他們下班，換我出門上班。到了週末，朋友們約野餐約爬山，一翻行事曆，哎呀，不好意思，那天我還是得上班。醫院無週末，即使假日不必看門診，但急診和住院部門全年無休；偏偏週末活動特別多，已婚者計畫全家出遊，未婚男女聯誼，僧多粥少，只得事先講定，每人每個月最少能放一個週末，再多沒法保證。

另外還有個折衷辦法，朋友請半天假，我們一起約吃早午餐。只是，經常麻煩朋友請假，我心裡不可能沒有歉疚，漸漸地也就不主動邀約了。時日一長，朋友圈剩下兩種人：和我一樣的輪班者，以及遠在美東的朋友。美東和台灣隔十二小時，剛好對得上。

不知不覺間，我落在了鐘的另一面。

社交時差（social jetlag）不同於跨時區旅行而有的時差。長途飛行之後，委靡個半日，調整過來便能恢復。而我的時差來自內在生理時鐘與社會步調的不相容，那麼，時時刻刻，夾身於兩座鐘之間，如果又要工作又想保有人際往來，就只剩下剝奪睡眠一途——擠壓到最少，或者掰成數塊，零碎地這裡睡一點那裡睡一點。

實際狀況還要再稍微複雜些。一個月通常不只安排一種班別，起碼兩種，輪三種班亦不在話下。我於是忽焉滯留於倫敦，忽焉與紐約同步，不斷追趕，不斷落後，越追趕就越落後。

像我這樣投身於輪班制產業的人員，有個專有名詞，叫輪班星人。加個星字，意不在誇大，僅僅是如實描述：輪班者倒晝為夜，彷彿置身另一座星球。平行時空。輪班星人的手機裡總是設了許多鬧鐘，每種班別至少兩只，視睡眠失序嚴重度再額外另添，點開來，滿滿一串鐘。今日早起鳥明天夜貓子，作息紊亂顛倒，要想當個合格的時空旅人，不能不多設幾只鬧鐘。

可是，是隔音不良的緣故吧，夢中總聽見隔壁房間的笑聲，感知一牆之隔有人正講電話，跳瘦身操，扭開蓮蓬頭嘩啦啦地沖澡。或許，她也同時覺察到我的輾轉，好幾次竟然就化作一記重拳，狠狠搥向她和我之間的那面薄牆。我大吃一驚，對方卻越鬧越厲害，時不時搥牆如擊鳴冤鼓，這樣下去不是辦法，我只得請託舍監阿姨幫忙出面擺平。

鐘與鐘，若非同進同出，便只能針鋒相對。

睡得輕淺，醒得恍惚。宿舍就這麼大，這邊剛從洗衣機打撈出溼衣，那頭立即飄來陣陣煎炒油煙，動輒生出許多嫌隙。迷迷糊糊之際，我亦忍不住猜想，這裡或許有一批我始終不曾見過的面孔，縱使比鄰而居，但我們之間，卻存在著永恆的時差。

睡不好，具體表現而為失眠，而為時睡時醒，我呢，我總是在睡覺。睡眠如一床鬆軟厚實的百納被當頭罩下，起先我試圖掙扎，可是越掙扎，就無可避免地陷得越深——況且，為什麼要掙扎呢？這麼一想，整個人鬆懈下來，如遇溺者鬆開浮木，轉眼間沒頂於深沉睡意之中。夢中無日月，一覺醒來每每已經過午，可是我還睏，信手將鬧鐘往後撥兩小時，復又朦朧入睡。好幾回我睜開眼睛發現上班時間又到了，勉強爬起來，渾渾噩噩出門，下班後草草洗了澡又睡。睡得氣力放盡。

可是，即使睡了這麼多，我還是睡不好。睡眠如百納被般破了又補，補了又破，再睡回去的夢裡，四面熾火，舌爛口燔，作諸地獄相。疲憊感如鉛水般從體內深處不斷湧出來，昏鈍糊塗，將我與外面的世界徹底隔絕開。不要說社交了，我連保有清醒都極其困難。日日在瞌睡中虛度，好不容易爬出棉被，對著鏡子一照，眼袋浮腫，額際下巴冒出幾顆痘痘。

向同事提起，她無比羨慕，好好喔。哪裡好？睡得著總比睡不著好得多。永夜固然不曾經歷永晝的煎熬，永晝也不會理解永夜的深淵。同事向我展示她的安眠藥，並推薦我試用褪黑激素，可是既不對症，購買又麻煩，我拖延了一陣，自動拋在腦後了。

長痘痘就擦點A酸，眼袋的話，用蒸氣眼罩和遮瑕膏勉強能對付，只是，這一切都無法阻止鐘的失序。體內的鐘，像達利畫裡的鐘，自顧自地走，懶洋洋地垂落，不知究竟要滑到哪裡去。生命之始，始於精卵結合，其後細胞一而二二而四地分裂，增生，各按其時；腸道細胞代謝週期僅三至五天，紅血球歷時八十至一百二十天，骨骼久一點，完整地更新過一次需時十年。嚴格來說，每粒細胞都是一座鐘。微型之鐘。我側耳，依稀聽見內在節律放慢了腳步，深深陷入漫長的冬眠。

冬眠的恐怕不只有生物鐘。同事間月經週期不規律的人不少，體內潮汐來去不定，一開始不當一回事，等到婚後開始備孕才意識到嚴重性，受孕艱難，好不容易胚胎著了床，莫名其妙就沒了心跳。無形中，彷彿有誰伸手按掉了那生殖之鐘。原來，當個體的生存越受威脅，身體保護機制自然啟動，關閉越多不必要功能。只不過，輪班星人在時區之間跳來跨去，衰老較常人來得更早些，會不會哪一日就此掉入時差的黑洞，再也醒不過來呢？

我曾在醫學期刊上讀過，睡眠障礙不但容易引發憂鬱，罹患乳癌和心血管疾病的機率也會同步升高。更進一步，就是猝死了。儘管如此，似乎也不可避免於趨向這個循環。

常人以晷計日，對輪班星人而言，睡眠是讓生命有了基準與參照的格林威治。但輪班者的格林威治會漂浮，會分裂，會拒人於千里之外，我們一路跋涉而去，腳步踉蹌，卻說不出自己走到了哪裡。

游離分子

進醫院，身分辨識是大事。看診，檢驗，給藥，每進行一個步驟，患者就會被要求再次說出姓名，並出示身分證件，方得通行。

儘管如此，說起對醫院的第一印象，十之八九得到的答案其實是：「好大，好像迷宮哪。」

迷宮般的醫院裡動線交錯，人群聚湧，人們可粗略分作兩類，一類是醫護，一類是患者（及其家屬）。患者又按其疾病細分為各科，釐清分類歸屬之前，患者難免要輾轉於各科部，兜兜繞繞，迷宮裡的大地遊戲。遊戲裡關主以姓名與辨識手圈核對訪客身分，訪客卻無此便利，權力與資訊雙重不對等之下，只得另想辦法。

服裝最鮮明。典型形象裡醫師著白袍掛聽診器，護理師穿淺色制服，梳包頭，頭上戴頂護士帽，一眼即可認出。這觀察不無道理。我曾聽長我一輪的醫師提起他剛進醫院實習時，老教授十分注重服儀是否得體；男生清一色是襯衫西裝褲皮鞋，女用裙長需過膝。形象建構不只出自美觀考量，更重要的是鞏固階序。年輕一輩，對「先生樣」範式稍有鬆動，但遺風尚存。

而介於醫師與護理師之間，各類閒雜人等，便時有混淆之虞。此類閒雜人等涵蓋甚廣，或推輛車，或擦玻璃，或捧個盒子，無所不在，可是偏偏又作用不明。集結起來當然是複數，但因為無法識別，便也與單數無異。

凡法則必有例外。常見例外之一是刷手服，刷手服設計了多色，由院方分別派發給各職系，彼此一目了然，患者卻看得眼花撩亂。假若綠色使人聯想到手術室，那紅色藍色呢？此外，對某些人來說，它還引發另一重微妙的兩難，刷手服剪裁寬鬆，它不辨性別。作為例外中的一員，我張冠李戴地成為麻醉師、傳送員、外送人員、清潔阿姨、禮儀師，最離譜的一次，被錯認為消防隊員。誤入了這麼多不屬於我的行業，我逐漸理解例外與例外之間多有互通，起碼，在不識者眼中，例外即例外，沒有加以分類的必要。後來我不再試圖解釋，一律迎合患者猜想：「是的，請，謝謝您。」

反抗很難，屈服容易多了。

服裝不是唯一的辨識法，與它並存者，還有顏色、性別或年齡等等，法則之間孰先孰後，另有一套神祕的邏輯。

理解患者如何打量我，便得以巧妙地脫身，雖然，普遍狀況裡患者根本對我視而不見。而游離於法則之外，不代表不受刻板印象約束，何況辨識不能，最直接壞處就是不易取信於人，一開口，無論說什麼，自動打了折扣。好不容易取得患者信任，隔日，原班人馬相同情境全部從頭來過。游離分子人微言輕，存在感奇低，低到每回請飲料總是自動被漏掉。

吃的虧不少，但游離於辨識系統之外，某個程度上，彷彿也就和人們的生死疲勞保持了距離。我在場，同時我不在場。行走，趨前或遠遁，在這裡，我只是遊戲裡的ＮＰＣ。

陪病

當然，無論怎麼說，陪病都不能算作一種病吧。

陪病的人到醫院來，不是為著自己。古諺云無事不登三寶殿，遑論醫院司生死事，儼然閻羅殿一般。陪病者造訪醫院，多因著身負照顧重責，簡言之，是迫於無奈。

初入醫院，陪病者不自覺緊張，問這問那，隨手撕張便條紙埋頭勤抄筆記，護理師耐心反覆交代數遍；過不多時，見他又捏著紙條過來，開始另一輪問答。醫院畢竟不比家裡適意，待諸事安頓停當，躺倒在窄仄陪病床上，兵困馬乏，可是一閉眼，黑暗中心事跟著無數細微噪音一層層翻上來，越躺越清醒。

陪病作息其實極規律。以患者為中心轉動的小世界，什麼時候做什麼，都有定數。一日二十四小時，可劃分為三餐（如採管灌，則多一倍，一日共計六回），十二遍翻身，給藥檢查治療周而復始，所剩不多的空白，剛剛好嵌入睡眠。

沒幾日，陪病者臉上便生出一團烏陰氣。想是累的。深濃些，厚密些，那倦容也就與病色差堪彷彿了。

最初的忙亂過去以後，節奏慢下來，不再一點風吹草動都當作重點大事紀般一一記下。陪病者如摩西分紅海般一分為二：一種來無影去無蹤，另一種，自備不鏽鋼環保餐具，洗過的衫褲花花綠綠吊晾在窗邊，顯然是擺出了長期抗戰的陣仗。

這兩種人，外觀上倒不易分辨。這不成問題，時日一久，總能多少看出點頭緒。

陪病是苦差，能躲遠的，找盡藉口有多遠就躲多遠。

留下來，便有新的需求與難題。醫院不留人——起碼，對一個沒有病的人來說，此地並非久留之處——食衣住行只得違建般在夾縫間匆匆搭起來。陪病期間，一切不能確定，家當自然也以輕薄短小易攜者為佳，隨時方便連根拔起，逐病而居。

家當與家具，一字之差，命運卻大不相同。家當即興些，拼拼湊湊，來源和內容物大同小異，其數量多寡，則往往取決於病情複雜度。陪病者神情恍惚憂悒，旁人看在眼裡，模糊意會到一點什麼，卻又不十分清楚，轉眼打量一下家當，心中就有了底。家當瞞不了人。

最少，總該有個臉盆。半盆穢物端出去，腳一抬，又盛來一臉盆熱水抹身。晨間盥洗，睡前搓洗內衣褲，都用得上它。然後是拖鞋和保溫杯。然後吹風機。怕冷的要添床薄毯，訪客多的，最好事先備一把摺疊水果刀——起居終於有點模樣的時候，精細粗疏之別也就跟著暴露無遺——只是，一眼還不足以看清全貌，多來幾回，才能分辨凌亂究竟是心不在此抑或是精力不濟；特別整潔少雜物的，也可能早已無人聞問。

陪病時光窮極無聊，走不開，偏偏又不知何時是個頭。許多人轉而向隔壁床搭話，落難中短暫的鄰里，即使稱不上同病相憐，但彼此照應的微薄情誼總是有的。簡單介紹幾句，互通了病況，假若狀況允許，便也隨口問點人事風評——不知道的需要消息渠道，知道的人多半也樂意增點談資。話說完了，悄悄拉上床簾，追劇打電動，與遠方親友視訊，原地進入放風時段。

語言相通，交換起（陪）病中心得才順暢，語言不通還能打成一片的，只能是異鄉人。陪病者輪流來去，最終，十之八九就落在了東南亞裔移工身上。這多半是個年輕女孩子，與誰都非親非故，不過能簡單講點中文或台語，平日在家陪病兼打理一家人三餐灑掃，入了院，就跟著搬到醫院去。對此，女孩似乎見怪不怪，手邊的事告了個段落，趁空鑽入隔壁床串門子；隔壁，不只一個女孩早早在那裡等著。買桶炸雞，在陪病床上鋪開彩色大毛巾，這就是野餐了。女孩間不過萍水相逢，此刻言笑晏晏盤坐一地，彷彿閨密似的，嘰嘰喳喳說不盡多少話，話聲越來越低，再浮上來時，竟爾成了一縷悲泣，半支小調。

半歌半哭，換作了平時，定要招來好一頓埋怨，只有這一霎，生生勾出滿腔惻隱心腸。

反覆進出幾次，一切也就熟悉了。即使換到另一棟樓，另一間醫院，相關流程與配置也都差不了太多。偶爾，患者前腳才剛入住，陪病者後腳已經速速歸整好物什，無需人照看，自顧自就定位。身手之俐落，比起飯店房務員亦有過之而無不及，不難猜出，這是老手了。

患者會老，陪病者也會老。

陪病者的老多半是累出來的。久病能成良醫，陪病者鎮日扛著家當這裡來那裡去，家當越收越多，背一日比一日更駝，除了無止盡消耗，再沒有他路。病不是自己的，家當也未必歸自己，只有老，不折不扣，老是自己的。

離院以後，陪病者的任務並未結束。平日裡張羅飲食，餵藥擦澡換尿布，來回接送返診和復健，都還得靠陪病者繼續操持。

但離院終究還是一樁幸事。

有人一陪，一輩子就這樣搭了進去。

金身常壞

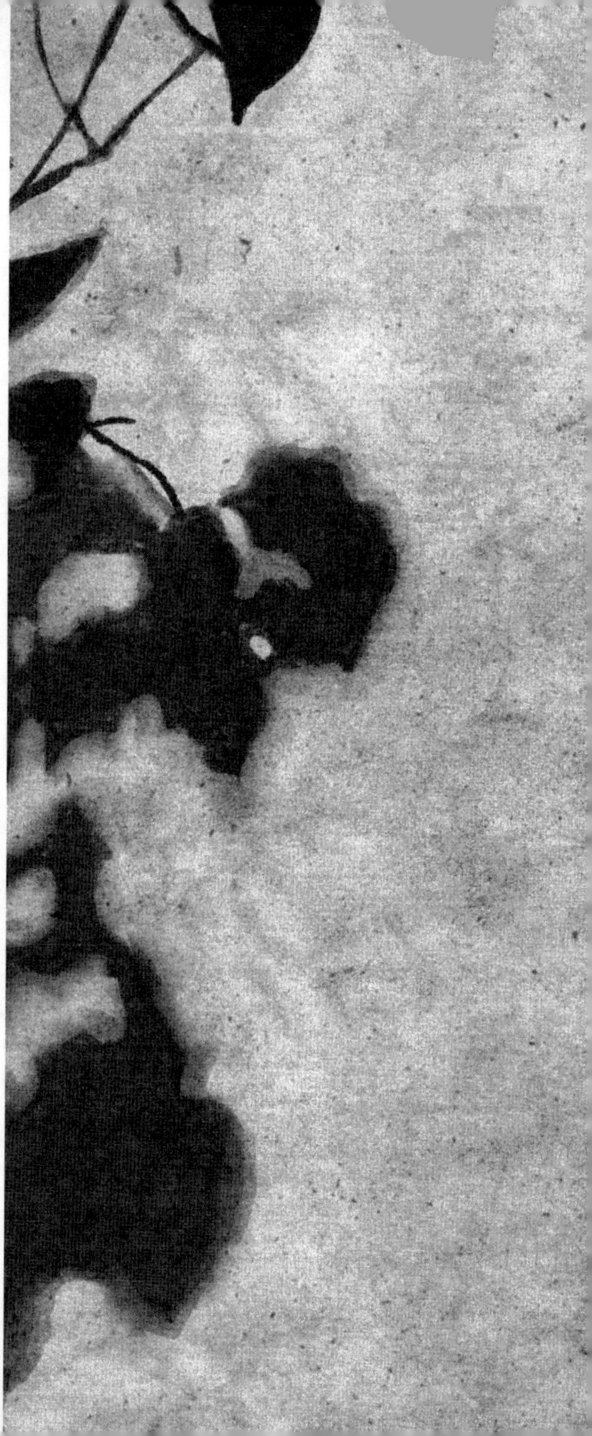

●○臉盲

一夕之間，城內的臉剩下一半。

由耳至耳，越鼻樑，橫向劃出一道分界，其上，額與眉眼大方示於眾，口鼻則深藏起來。

眉眼是無害的，口鼻就難免使人心生疑慮，呼吸、噴嚏、說話、咳嗽、咀嚼、作嘔乃至親吻，臉的下半部，多孔竅，溫暖潮溼。若於平時，孔竅們吞吐來自外界的氣味詞語，交換資訊與品味，同時肩負屏障之責——此地小而險要，一個漏接，輕則過敏重則殞命；若逢時疫，僅靠口鼻護衛太過單薄，這時候，口罩就派上用場了。

戴上口罩，不織布貼合著臉部起伏，入夏氣候溼熱，一出汗口罩就幾乎黏在臉上，像新長的一層皮。天姿陋相，喜怒哀樂，一罩隨即歸零。外科口罩倒還輕巧，假若配戴的是講求過濾氣霧病毒的 N95 口罩，嚴絲合縫，連換氣也覺費力。

瘟疫突如其來，幾乎難以想像，不過多久之前，臉還是日常最普遍的風景。一度，人們對臉的渴望何其強烈，每天一睜開眼，成千上萬張臉如同海嘯般撲面而來，掠奪眼神與情緒。臉是識別，是身分，它既暴露國族、性別與年歲，也暗示階級、審美和營養狀況，我這一代人終日流連於臉書，其實，臉原本即是一冊書。人們對臉的關注與生俱來，甫落地的新生兒混沌無知，卻已經能表露對人臉的偏好，區分母親和陌生人的臉是嬰兒於世上最初學會的幾件事之一。

臉吸引人的目光，同時敏於他人之旁觀，畢竟，凝視一張臉既然能讀出這麼多訊息，讀與被讀，似乎就成為一件不得不謹慎的事。觀看陷人於險境，它放大瑕疵，使美貌歸於平淡，弔詭的是美貌偏偏是一種不[illegible]就不算數的東西，於是看要看得不露形跡，深恐唐突。何況，臉不只[illegible]耳鼻口眉，臉有表情，語言或有隔閡，表情卻能互通有無。據說，[illegible]臉部表情計有二三十種之多，臉是最複雜的一組符號。

礙更能喚醒人的感情，於是，臉的閱讀障礙就成為，最常見的一種，通常我們稱作臉盲症。

指的是缺乏對臉部的識別能力。作為一個臉書，乍看似曾相識，但終究因為無法產生連

我曾凝視一個人，為其著迷過，悔恨過，寤寐思服而不得，然而我不復記得他的面貌，每當我試著從梭狀回（fusiform gyrus）——據說，這是大腦中專司臉部識別與記憶的區塊——召喚他，數以千計的人臉於記憶長河中載浮載沉，粼粼閃爍，始終看不清楚。我明白一張臉沒有被讀取將引發對方微妙的不安，因此走在路上我一律目不斜視，旁人以為高冷，殊不知只是怕相見不相識，徒增尷尬。

臉盲無藥醫，人際就是一而再再而三地指鹿為馬文不對題。錯得多了，我也逐漸習得技巧：體態大抵比髮型可靠，至於聲音，氣味，其獨特性幾乎和指紋不相上下。問題是，考驗來的時候往往殺得我措手不及。每當我在路上忽然被叫住，瞬間我便身陷臉盲者不可說的被動之中，我只能一邊順著對方的話不著邊際地附和，一邊從對話中抓出關鍵字，試著過濾可能的人選，假若查無此人，便儘快找個理由脫身。有時難免應對不自然，或脫身無望，不得不坦白招認：「抱歉，我臉盲，請問您是？」來人多能諒解。誠實為上策，只是，誠實很難。

除此之外，似乎也沒有造成什麼實質損失。臉盲本來可大可小。按規定，醫院職員需隨身配戴識別證，住院患者人手一圈識別手圈，無故不得拆，日常工作倒不受影響，而臉盲也非全無益處，沉魚落雁於我如浮雲，轉眼即忘。

我曾看過畫家講解簡易臉部素描的影片，首先畫出一個直的橢圓，再疊上一個橫的橢圓，分出中線，接著依序定位五官。但現實沒有公式可循，現實是，當我們終於厚著臉皮承認我輩皆是有圖有真相顏值即正義的外貌協會，圖也未必能通往真相了——描眉傅粉，正牙拉皮戴瞳孔放大片，畫皮之術博大精深，遮瑕袪痘返老還童不過小技，拜各種美肌美顏變臉轉性APP之賜，臉之幻化，早已發展到了非火眼金睛不能辨的地步。

於是不免感到非常疲憊。那是一種，大量閱讀卻彷彿什麼也沒讀進去的困頓。眾生相千百，對我，已是太多。

然後，瘟疫來了。

二〇二〇年除夕，武漢封城，陸海空一概停運。瘟疫以湖北為中心向外擴散，黃岡鄂州赤壁，一覺醒來，襄陽也淪陷了。

口罩很快取代了臉。一回友人來訪，驚訝地發現人人皆配戴口罩，我答以：「現在，口罩無異於善良風俗。」在路人隱含譴責的目光之下，他不得不拿出口罩默默戴上。疾病改變了人與人之間的距離，見面成為一件奢侈的事，至於握手擁抱，恐怕更不合宜。

人們退回各自的巢穴，囤糧囤酒精，門窗緊閉，輕易不現身。

從來沒有一刻像這樣，每週排隊領口罩，伴隨而來的功課還有追蹤確診案例和活動軌跡；滑開社交媒體，所有討論都圍繞著熔噴不織布，電鍋乾蒸、即時地圖到國家隊，七嘴八舌，鋪天蓋地。

幸好，醫院每日固定配給每位員工兩片外科口罩，上下班各一片，日用倒不虞匱乏，與此同時，醫院門口架起了拒馬，謝絕無關訪客，出入者皆須查驗證件量體溫。人人繃著臉，如臨大敵。追物資追檢體追旅遊史，全員加緊練習穿脫乙級防護裝備，這套被暱稱兔寶寶裝的連身防護衣裡外共三層，如同蛋殼般嚴密包覆全身，著裝畢，對鏡一照，臉隱沒於護目鏡和重重口罩之下。

遭逢百年大疫，再小心也不為過。即使長時間配戴口罩胸悶氣滯，臉上頻頻冒痘，耳後肌膚受掛繩壓迫磨損，仍得忍耐。一日之中，少數能光明正大脫口罩的時刻僅餘用餐時段，為了確保無虞，員工餐廳和百貨公司美食街紛紛在桌面上架起壓克力透明隔板，權作為口罩的外延。現實如此，網路亦不能倖免，隨著世界各地確診數不斷攀升，人們益發謹慎，即使虛擬空間不受社交距離限制，人們也自動自發將臉隱匿起來。

半張臉比起一張完整的臉更叫人無所適從，我意外發現，不可見的一半將連帶影響可見的另一半，使其同受遮蔽。平眉彎月眉柳葉眉，杏眼吊梢眼瞇瞇眼，眉眼飄浮著，無悲無喜無嗔無欲。眉眼成了靜物。

如同它的英文字義所示，口罩是面具，戴上面具的人自此失去了以表情傳達訊息的可能性，於是它便非常相像。對像我這樣的臉盲者而言，從前，臉以認得、似曾相識和不認得為界；而此刻即使終於辨識出臉，臉也視我如陌路，淡漠，了無生氣，就此別過臉去。

臉在場，但臉模糊不能辨。這一次，不是人們失去了識別臉的能力，而是臉也會拒絕被讀取。

防疫為重，留給臉的餘裕那麼少，心有他念者不得不精耕細作。一張臉，既掩去一半，眉眼自然成了兵家必爭之地，眼妝是重中之重。護理師們好意提醒我記得搶購假睫毛，假睫毛多為中國製，航班減飛勢必影響供貨，趁早買進不會錯。無疑也是另類超前部署。口罩亦能變出無窮花樣，從最常見的綠和藍，到各式限定色聯名款，按心情喜好輪番替換，繽紛招搖，非瘟疫蔓延時不能見的防疫色票。

有人愛美，自然也有人趁機偷懶。我很快放棄了化妝，既不必露全臉，皮膚油脂混和彩妝又容易結塊堵塞毛孔，一應腮紅唇膏便統統束之高閣。起初，我還畫個眉充數，後來乾脆連這份工夫都省了，荒廢多日，先前修剪掉的眉毛自然冒出，一點一點填滿原本的空間。

正當臉一寸寸重新搶回屬於它的領土時，瘟疫再次襲來。商家停業，設施關閉，所有聚會取消。瘟疫瓦解了我們習以為常的一切，然後著手建立新秩序：實名制，分艙分流，居家辦公。臉一舉被逐出視線之外。非必要不出門，一出門，單憑外科口罩和酒精還不夠，最好戴上全臉防護面罩加強屏擋飛沫微粒。遠遠望過去，雌雄不分，老少難辨，只看見白花花一團反光。

夾在更衣室鐵櫃上已久的疫班班表終於正式啟用。確診患者按病情嚴重度分別收治到不同樓層，單人單室，不得擅自離開。套上連身防護衣，腳下踩著兩層塑料鞋套前進，每一步都窸窣有聲，防護衣既不透氣又不吸溼，身體密封於內，體內水分經由吐氣和全身毛孔不斷向外蒸散，當水氣鬱積到一定程度以後，就開始凝結於髮根、腋窩和背脊，而後胸臂大腿，無一不滲出滾滾熱汗。很快地我整個人泡在自己的汗裡，視野越縮越小，移動越來越遲緩，像一朵笨重的雲。雲沒有觸覺，雲甚至沒有聽覺，雲只是在蒸發和滂沱降雨之間反覆循環。病房走道原本不寬，疫情期間左右堆置物資和垃圾桶，一人尚且能通行，與他人擦肩而過便感侷促，目光交會，不知來者何人，唯有疲憊無所遁藏。

見而不知曰盲。茫茫無所見曰盲。瘟疫中我目睹千萬張臉彼此疊合，我見到集體，但我想我不曾真正從中辨識出任何人。

後來，我們在護目鏡內側塗上除霧油，拿黑色簽字筆在防護衣上寫清職種姓名，雖然醜，卻很實用。

我不是沒有注意到，認得，或認不得一張臉，似乎已經無關緊要了。我們不再渴望與他人產生連結。生命的最初與最後，存有的臨危之時不測之時千鈞一髮之時，我們始終都是一個人。死亡是永恆的單數。放眼望去，臉近乎消聲匿跡，偶爾零星閃過，立即招來吹哨者側目。瘟疫徹底奪走了臉。空氣中瀰漫著一股肅殺之氣，一切都停擺了，只剩紅外線熱像儀還在運轉著，對著空蕩蕩的街道來回掃描。

我再也不曾於公共場所中看見一張完整的臉。我默默鬆了一口氣，如釋重負，卻又彷彿若有所失。

未來的某一日，臉會重新填滿每個角落吧。等瘟疫過去，臉會再次長出來，如春筍般紛紛探頭，茁壯，佔據每個角落。臉會長出口鼻與意志。人們將讀到一張張臉，五官宛然，情緒飽滿，因久違而分外顯得陌生或新奇。見山又是山。然而，有一些東西畢竟已經銘刻入體，自瘟疫中倖存的臉，終究與從不曾面對過瘟疫的臉有所不同。而這一刻，睜開雙眼環顧，我知道，有些臉自此消失了。

什麼事都教我頭痛

一開始也許只是精神不濟，整個人鈍鈍的，放眼望去視野像暗了一階，勉強提一口氣，那氣也是濁的，沉而鬱，團團青灰色。不理它，然而它並不肯就此罷休，悶滯感逐漸明晰起來，化作銀針或石鎚。痛的位置並不固定，有時出現在眼眶後方，有時位於後腦杓，有時是顳側，大發作的時候，銀針石鎚盡出，不分先後部位同時來襲，甚至由肩頸一路向上蔓延。

又來了。

我偶爾追蹤衛星雲圖上的氣旋，想像頭痛也是類似於氣旋的存在。先是細微擾動，看不見的雲氣振動著，接著雲霧聚攏，一股股加深加密，彼此吸附纏扭成團。風暴即將成形。轉瞬間，便有一場大破壞要來。但頭痛當然不是氣旋，氣旋能夠預先觀測警示，頭痛不能。

轉頭看看周遭眾人，馬照跑舞照跳，低頭趕路的還在路上，對著鏡子補妝的也還極有閒情地擺弄手邊各種細巧的工具，世界一刻不停地運轉，只有這裡，天塌了一小角。

●●

分水嶺約略出現在二十五歲的時候吧。我清楚記得，二十五歲前，我很少為頭痛所苦，然後，意識到它的時候，我已經坐在偏頭痛門診外候診了。

時間上的不確定，並非因為我疏於照顧身體，只是，頭痛一向被看做微恙，不傷筋不動骨，一陣昏脹刺痛感，擦點清涼醒神的精油，忍一忍就過了。毛病不顯，誰也不拿它當回事，待明確察覺，通常已經拖上好一段時間了。

輕微頭痛固然可以靠自力救濟，劇烈痛起來，則完全不是那麼一回事。幾回來勢分外凶猛，天搖地動，聲響光線放大了無數倍，時鐘滴答，風扇隆隆轉，平時視為環境音而自動忽略的各種雜訊紛紛浮出了背景。靜靜臥在黑暗裡，聲波如大浪般由遠而近，耳膜震動，患處一跳一跳，顱骨隨時都要沿著顱縫裂成好幾瓣。

沒有比愛爾蘭詩人葉慈的句子更貼切的了，All Things Can Tempt Me。頭痛的日子，一粒沙一股甜香，什麼都意圖使人頭痛。

總有一些徵兆可循，曰勞形，曰竭智，或曰連日僵硬之肩頸。誘發因子太多了，大寒大暑大風吹，氣壓變化，乃至於作息顛倒姿勢不良生理週期影響，理由百百種——當然還是因人而異，誰也說不準什麼才是你的緊箍咒。醫師開了止痛藥給我，一面細心叮囑，忌喜怒不定，忌疲累，菸草酒精乳酪咖啡因巧克力都不能碰。我勉強扯出一個比哭還難看的笑，注意事項太難辨，粗粗聽上去跟修行也沒兩樣。

但更多時候，什麼都沒有發生。它就是來了。

來與不來，便有了晴天或多雲時陰偶陣雨之別。烏雲罩在頭頂，同時反映在舉止。頭痛時對人特別不耐煩，七情上臉，別人無故受波及，當然也不高興，頭痛既不如癲癇或腫瘤惡名在外，所得到的同情，也就理所當然地隨之遞減——雖然，就醫學角度而言，頭痛常常是癲癇或腫瘤的前奏——有時，頭痛暗示了其他疼痛的延續或轉移，比如牙痛，比如湊佳苗《惡毒女兒．聖潔母親》裡描寫母女關係緊張，便巧妙地藉頭痛作為象徵。

為了管理偏頭痛，我養成良好的紀錄習慣。名為頭痛日記的App裡，除了詳盡的痛覺描述，部位（非常貼心地加以圖像化方便定位），疼痛指數（由一到十分，以數字分級量化疼痛強度），用藥（藥名，劑量，服用後是否明確緩解？），有無伴隨其他癥狀（嘔吐或視覺改變？）……一一輸入，便能根據資料計算出平均疼痛程度與發作時間長短。

似乎太當一回事了。但這不正是頭痛之兩難嗎，並不真正難以忍受，但亦非無礙，日常勞作與起居尚能維持，但也僅僅只是低度運轉。似病非病，忽強忽弱。希臘神話中，宙斯生子，以劇烈頭痛取代宮縮——是取代，而非模擬，產痛乃至痛——頭痛史上，宙斯留下了金光閃閃的一頁。我等凡人想當然耳沒有這樣的大陣仗，吞顆止痛藥，該做什麼做什麼，頭痛沒有豁免權，頭痛日只是日常裡特別灰撲撲的一日。

家族中，偏頭痛病友不少。她們人人攢了一腦子偏方，常見的刮痧拔罐就不必提，秘方中有兩個我印象特別深刻：其一是懷孕，據說，月子期間倘若調養得當，偏頭痛自然不藥而癒。這個嘛，得靠天時地利人和。其二，連吃幾盅燉豬腦，謂以腦補腦。豬與人的關係如此親近，光想像，已覺野蠻不可名狀。

痛得久了，頻密了，反覆受痛覺侵擾的神經會彼此聯結，成為固定的迴路。每一回發作，無異又一次拓寬加固。那路徑不可見，但並非完全無從探知，山雨欲來時，我以指腹揉按頭皮，試圖紓緩緊繃糾結的筋膜，它就在那裡，蟄伏著，涓滴匯聚著。

頭痛如冰山，露出水面的不過是一斑，底下深潛的塊壘才是全豹。

我想，我不曾目睹豹的全部。因為頭痛從來無意一次性置人於死地，它只是時而露出海平面，時而隱沒。隱沒，卻鮮少消失。這裡面如果有什麼啟示，也許在提醒人們，疾病的險惡並不總是以進程快慢或死亡率表現，某些疾病面貌平庸，卻一樣惱人。

以為病是小病而無作為，那是沒吃過病的苦。

數小時，或數十小時以後，風雨休止，世界重新恢復清明。在這暫時的借來的寧靜裡，我又是我自己了。

●○爪牙

友人養了貓，一黑一虎斑，黑貓敏捷，虎斑慵懶，隨便靠著 Ikea 抱枕都能做出楊妃倚榻狀，著實令人豔羨不已。

造訪友人家的時候，兩貓順勢見了客。友人相當周到地備了貓罐罐供我破冰，貓罐葷素各半，外層包裝紙印上插畫，魚蝦蟹貝搭配櫛瓜藜麥芒果胡蘿蔔，看上去既悅目又講究營養均衡。

我學著友人的樣子用指尖輕敲罐頭，扣扣扣，兩貓立刻豎起耳朵，一掃惺忪狀，半躍半撲，一轉眼奔至眼前。貓感興趣的對象當然不是我，不過，這已經夠了。家貓不比野貓，野貓總是暗暗地伏在風景中，貓又那樣靜，除非這人有一雙特別能捕捉貓的眼睛，否則就只是尋常景物而已。即使看到，多半也接近不了，野貓防心重。家貓不一樣。

好一番逗弄以後，我們終於拉開拉環，將肉泥摻水倒入食碗。貓們虎嚥著，我們一邊欣賞，一邊回味這整個過程——餵食之所以比進食更能取悅人，無非因為它使人感覺富足，富足且毫無負擔。

貓享用食物，我們享用了食物以外的全部。飽餐以後，貓們低頭舔爪子，神態柔和鬆懈，人呢，也饜足地勾出一臉笑。伸手順順斑斕獸毛，貓背如丘陵起伏，枯茶色胡桃色溫熱豐盈的丘陵，貓喵嗚兩聲，彷彿受用，又彷彿不太情願。答案很快揭曉，牠回過身來，冷不防抬手往我一撩，接著一溜煙竄回角落。

幾日以後，當我躺在牙科診療椅上，忽然間我又想起貓。

近幾年來，牙科診所裝修愈趨時尚，輕音樂暖色光源磨砂玻璃隔間，即便稱不上富麗，小而美是一定有的，外表（牙、五官和體態）於人無異門面，此理推衍至牙科或醫美診所，亦頗有幾分切中處。看牙，需事先約診，待牙醫助理確認預約後方得就診。預約是禮節。然而，牙痛總是不請自來——起初一兩日不過略有異樣，酸軟些，腫脹些，但人在這一刻難免鐵齒，自以為多用幾次牙線或多漱幾次口便能避禍，殊不知人間禍事大多能解不能避，待牙痛發作起來，便往往不可收拾。

這次也是這樣。忍了兩日，忍到臉頰腫起如麵龜，想到明天週末今晚不解決不行，終於打電話去附近牙科診所約診。象徵性的約診，其實心理還未做足準備，豈料話筒那端應得乾脆，讓我現在過去。

二十分鐘後，我認命地躺在診療椅上。強光當頭照下，張開嘴，任器械探入口腔，牙醫俯身探查病灶，偶爾穿插詢問或叮囑，「平常喝茶喝咖啡吧？」「有用牙線清潔的習慣嗎？有的話，要記得加強這邊喔。」我為魚肉，即使此刻生理面或心理面都欠缺閒聊的餘裕，也只能勉為其難地點點頭。牙醫手邊有盤器械，用來對付各式各樣的孔洞，也許是只聞其聲而不見動作，聲響聽起來分外殺伐。我聞到醫用手套的乳膠味，混合著血水的鐵鏽味，但不知道現在進行到哪裡，雙手交握胸前，指尖碰到手背上幾道紅痕，幾天過去，抓痕開始褪淡，手握得更緊了，怕一下子沒忍住，伸手揮開牙醫的器械。

理智的約束力畢竟有限，某些反應近於本能，而本能之所以為本能，在於其既不講道理又無從壓抑。當療程從門齒犬齒逐漸向口腔深處推進，喉間便忍不住陣陣翻湧，牙醫只得收手，容我緩口氣再繼續。疼痛是無禮有體。

貓有爪，人無爪而有牙，牙是最後的屏障了。

此之最後，是時間上的最後，人自周歲長牙始，幾十年咀嚼不休，及至齒牙鬆動，那脫落的牙也宣告了衰老之將至；同時也是空間上的最後，牙之外，萬物皆為異物，牙之內，通過柔軟溼潤的腔室，萬物才與我合而為一。

只是，這屏障本身又何其薄弱，畏冷怯熱，怕蛀怕酸怕磨蝕，幾乎要使人感嘆一句從來好物不堅牢。而這一刻，齒牙落於他人之手，便猶如被迫卸下利爪，只能任人宰割了。我盯著診所天花板的木紋貼皮，想到中世紀歐洲人用香料治療蛀牙，從香料到器械，我看見現代化的表皮，琺瑯質一樣，它裡面終究是一團血淋淋溼漉漉的東西。

付了帳，領了處方箋，幾位牙助正在進行打烊前的收拾工作，走出診所，我發覺已經很晚了，許多商店早早拉下鐵門。黑洞洞的夜裡，一段燈火，接著一段血光。我快步走開。爪牙等物，無論當時如何堅壁清野，過後無非也就是一陣癢一陣疼，過了就算了。

●○肺腑之言

1.

肺是安靜的器官。

解開胸腔，胸骨居正中，以胸骨為分界線，肋骨雙翼般對稱展開。肋骨下，襯薄薄胸膜，胸膜介於骨與臟器之間，隨呼吸起伏，是緩衝，也是屏障。肺包覆其中。

肺分左右，左二右三，質地海綿樣輕柔。教科書上慣借樹木喻之，氣管支氣管小支氣管層層岔出，一而二二而四，如樹木分枝成蔭。歷二十二回分枝，支氣管樹末端最終化生為粒粒囊泡，吸氣，吐氣，肺泡微微翕張著，血液與氧氣會合，作氣體交換。

肺的安靜，是相對於其他器官而言。心搏平緩，腸胃嘈雜些，時不時冒出一陣咕嚕嚕聲，鬧得人臉紅。至於肺臟，肺聲低微而溫柔，如呢喃密語，若不凝神諦聽，便自然融入背景。

不過，肺倒也不比肝臟。肝的沉默是金。跑步的時候，上氣不接下氣，重感冒分泌物增多，呼吸音便隨之放大，拔高——風還是風，樹還是樹，只是，忽然間有了咻咻咻的轉折。

學習分辨呼吸音，自古希臘以來，總被視為胸腔理學檢查的第一課。呼吸音是肺的語言。強弱、音調高低、連續或不連續、出現部位與時間點……不同聲響各具意義。在我開始帶臨床實習以後，聽診也成為我與實習生之間的例行開場——早幾年，由教師以身模擬出各種呼吸音，到我這裡，方式稍作變化——我們先在 YouTube 上複習幾種常見呼吸音，簡單介紹，接著走到病床邊，輪流聽，試著描述聽見了什麼。所謂輪流，是每個人、每個部位都要完整聽過一遍。呼吸音判讀受聽診部位、患者姿勢改變等因素影響，答案沒有絕對，實習生作答時，心理壓力相對小一些。

我們齊聚病床邊，屏息，聽風穿梭林間。

鼾聲，喘鳴聲，水泡爆裂聲。氣流掠過氣管發生擾動，遂有聲出。一旦擾動不再，或為氣流受阻，或為枝葉損折，具體成因究竟是什麼，得靠細心評估推理。一位合格的醫療人員，必定嫻熟於風與枝葉之間的關係。

不僅當作開場，聽診也是日課。同樣的患者，每天都能聽出不同變化，聽得越多，就越能解讀肺的話語。

聽診時，上身稍微前傾，與患者之間的物理距離隨之縮減。在聽診器發明以前，舊法採直接聽診法：將耳朵緊貼於患者胸壁上進行聽診。聽診器於一八一八年問世，在當時，曾招來一句負評：「聽診器是醫病關係漸行漸遠的開始。」那是十九世紀初，醫學仍然深具濃厚手工業色彩的時代。

兩百年後的現在，鑑別診斷益發仰賴數據與儀器，X光、電腦斷層、核磁共振……我坐在電腦前的時間很多，走到病床邊的時間很少。相形之下，聽診反成我與患者之間少數近距離相處時光。

對此，患者想必也有同感吧。時常在聽診以後，患者主動開口，向我透露更多：何時開始，感覺怎麼樣，對藥物的反應和副作用。在胸腔科，長期作戰的大有人在，久病之下，對疾病些微好轉與惡化，遠較常人敏感。後來，我便漸漸察覺，聽診在診療中具有拉近距離的重要意涵，即使呼吸音大到毋須聽診器都能聽見，我始終堅持戴上聽診器，告訴患者，來，我們聽看看。

有人聽，就有人願意說。

打開耳朵。我總是一再自我提醒，聽，既聆聽肺的話語，也傾聽人的訴說。

2.

肺從不輕易開口。

就生理結構言，肺對外的唯一開口是氣管。吸氣期間，氣流自口鼻流入，過聲帶，經大小支氣管，使肺泡膨脹充滿。然後吐氣。理論上，呼吸系統並非封閉結構，但實際上它是。密封狀態一旦受破壞，肺葉便塌陷，乾癟消風。

在醫學院裡，善於譬喻的師長會這樣說：「想像肺是一顆氣球。」

不過，氣球因人而異。生硬，鬆垮委靡，又或者，因著長年吸附焦油粉屑而發黑。想像輕盈，但想像不能取代本體。氣球也會破，一破，暫時無法繼續充氣——此時需緊急置放胸管，將氣體引流出體外，直到氣體排空、創口逐漸癒合彌封為止。倘若氣胸反覆發作，就應該及早考慮注入化學藥劑，強行使肺組織產生沾粘。沾粘等同於修補。

創傷不行，食物也不行。氣管與食道比鄰，然各有管轄，年長者吞嚥功能逐日退化，最怕意外嗆咳，即使只是一小口牛奶或稀粥，一誤入肺葉，最終每每演變為吸入性肺炎。

從一口氣過渡到另一口氣，永遠存在著種種不可預期的轉折。

器官的存與廢，常見一種是以痛覺作為表現形式，另一種則與其原有功能相關。失能用一種反向的取徑使我們深切感知此身。在肺，那泰半化作陣喘，併大量濃稠痰液。鼻翼不停煽動，氣促而短，坐著喘，躺下更喘得厲害，氣流來去，如狂風撼樹般鼓湧著，呼嘯著——

缺氧了。

氧之於生命，如同柴薪。氧氣耗盡了，生命很快也要跟著燃燒殆盡。選擇給氧設備，調整流量與濃度——為了避免呼吸道過於乾燥，氧療設備常附加溼氣，混合後由加溼瓶側壁上不同口徑小窗噴出。透過聲音變化，我能答出加溼瓶轉盤上的刻度，準確度幾近百分之百，不經意露一手，立刻收穫實習生的敬佩眼光。我笑笑，聽得多了，自然閉著眼睛也能區分出差異。

一方面增加供給氧氣濃度，另一方面，則排除這一路——自口鼻至氣管，通常，我們習慣稱之為呼吸道——可能遭遇的任何障礙。撬開牙關，喉頭鏡挑起會厭，小心避開呼嚕嚕不斷向外飛濺溢流出的痰沫，露出紅豔腫脹狹窄溼潤的，肺的開口。

插上氣管內管，接呼吸器，藉由呼吸器內部的唧筒、風箱或渦輪一口口將氣流灌注入肺。生理上時常被自動忽略掉的呼吸，因著機械，吸吐氣便清晰具象化為數據與波形。呼吸器就是另一個肺。人工之肺。機械之肺。

是以，某個程度上，呼吸器送氣聲的確即時反映了肺的實況。終日與各式各樣的肺打交道，能從中聽出若干端倪：硬梆梆的肺，沉甸甸的肺，被痰塊堵塞的肺。如同聲納般，氣流為我探測肺內幽深的地景，清與濁，虛與實，軟彈與堅硬，總在吸吐間逐漸分明。

肺寡言，呼吸器卻不然。規律吸吐間總有雜訊干擾，多半來自管路中因冷凝作用匯流積聚的廢水，水珠帶出肺內無數碎屑，尤其血絲與痰液，血絲連綿，痰液堵塞結塊，黏稠腥羶滴答。若未能及時排空，水位會不斷高漲氾濫，發出如滾水般的咕嚕聲，終至倒灌成災。我經常伸手貼附著呼吸器表面，感覺掌心傳來微弱震動——哪怕一氣未能呵成，到底也還是一口氣。

為安全起見，呼吸器上設若干監測參數，又另置警報系統，一旦超出閾值，立時觸發警報。加護病房內，全身器官各自交託給不同儀器掌管，警報聲此起彼落，接連著轟炸，說聲聽覺暴力亦不為過。如何在眾多警報聲中辨別出呼吸器，乃至於如何調整適當警報閾值，是門功課。我也從旁提醒實習生，記得，要打開耳朵。

聽，不僅止於人，也聽機器。

機械通氣固然減輕了肺的重擔，可是，以人力和外物迫使肺開口，並非毫無代價。口腔裡菌叢遍佈，菌斑隨著唾液緩慢滴落肺中，幾日後，X光片上便多出一縷煙也似的白影。終日咬著氣管內管，患者口不能言，雙手又被約束固定，只能以臉部表情示意，四目相交時，一股無以名狀的負疚感油然而生。

也難怪，每回病情解釋提及插管，家屬臉上便浮現為難神情，遲遲不願意鬆口。

人爭一口氣，難就難在這口氣究竟要怎麼得。

近三十年，隨著科技進步與觀念轉變，拒絕插管的患者也有了新的選擇。比如扣合在臉上的非侵襲性陽壓呼吸器（Noninvasive positive pressure ventilation, NIPPV），又比如，COVID-19大流行以來，在名人和媒體推波助瀾之下，披著救命神器之名進入大眾視野的高流量氧氣鼻導管（High flow nasal cannula, HFNC）。

從侵入到非侵入，這漫長歷史，在在象徵了肺的不輕易開口。

擴張，回彈，再擴張。自生命初始的第一口氣，到最後一口氣，肺勞苦作工不懈。但無論是自主呼吸，又或交由機械接手，偌大肺葉裡，僅容許氧與二氧化碳自由穿行。

3.

肺病多隱喻。

臨床工作中，偶爾碰到肺結核患者，對這古老的診斷，患者直覺反應多半愕然：「是那個肺結核嗎？」對，是肺結核沒錯。繼而陷入了短暫的沉默，彷彿不能理解自己為什麼會和肺結核扯上關係。

換作其他疾病，刻板印象或許還不至於這樣根深柢固吧。肺病中，隱喻最浩繁者，非肺結核莫屬。十九世紀，肺結核橫行，時人以癆（Phthisis）稱之，這白色瘟疫被賦予了多重想像：優雅、高貴、熱情、敏感……浪漫主義詩人拜倫的名言：「如果要死，我希望死於肺結核。」人類歷史上，再沒有其他疾病能得此殊榮。結核曾一度主宰著審美，如今，對文化的影響力雖已式微，但畢竟未能完全根除，患者反應或可視為結核龐大迷思的遺緒。

結核的神話隨著致病機轉與治療方針的明朗而逐漸消弭，然而，一重隱喻沒落，緊接著，又有另一重隱喻興起。

COVID-19 開始延燒的頭幾個月，人心惶惶，咳嗽頓成敏感行為。公共場所，一聽見咳嗽聲，其餘人等連忙退開三尺遠，倘若按捺不住咳嗽的人換作了自己，趕緊舉臂摀住口鼻，阻擋飛沫，同時遮掩他人異樣眼光。防疫責任與道德責任不能不設法兼顧。每週我固定上超市一至兩次，離峰時段去，採買後儘早離開，不多逗留。幾次後，發現架上綠豆持續補貨中，後知後覺想起，十七年前，同為冠狀病毒屬的 SARS 來襲之際，飲綠豆湯抗煞一說流傳甚廣——往前走幾步，咖哩也售罄，啊，是了，傳聞印度人篤信吃咖哩防疫，防疫無國界，咖哩亦然。

從綠豆湯到咖哩，換湯不換藥。而蘇珊．桑塔格早在《疾病的隱喻》中一語道破，隱喻無助於理解疾病，反而使人身陷更複雜的受苦體驗之中。

患者猶滔滔訴說著，話裡，有不自覺襲用文化建構出的疾病形象，也有屬於個人的真實感受。

我專心聽，不糾正，也不多作辯駁。我明白，疾病與隱喻兩者交纏極深，甚至，隱喻也會傳染，需對症下藥。但隱喻的藥方不假外求，我只能等待，給彼此一點時間，好讓他自己去一一識破，剝離，除魅。

至今，聽過的肺約略可以萬計。若有人問起，我會說，我聽見疾病。聽見人。最終，如同拉丁文中呼吸與靈魂共享 spiritus 這個字，一息在，則靈肉俱在，我想，我彷彿聽見那使生命得以成為生命的微弱火焰。

鏡頭恐懼症

身邊總有一類人，善攝，愛拍，視美照為己任。走在路上東拍西照，好不容易進到咖啡店坐定，侍者端來餐點，又立刻掏出手機，先遣鏡頭嘗。

以攝影記錄日常，是我這一代才廣泛普及開來的事。從前，快門只在某些具特殊紀念意義的場合或時間點按下，比如生日、家族旅行或畢業典禮，一個節點到另一個節點之間，沒有曝光的必要。當時，拍照前要先將膠卷填入底片槽中，一整卷膠卷約合三十餘張，待膠卷用盡，再送至相館沖印。

家中那台老 Nikon 是這樣記錄我的童年的。盛夏的赤崁樓，一次換不同景連拍數張，往後好幾年的暑假作業就都有了著落；除夕夜，吃完年夜飯，我媽半哄半強迫地提議，來拍張全家福吧。

雙眼向前平視，笑一個，喀嚓，留下在場證明。畫面中人像所佔比例不拘多少，但不容省略，像這種「到此一遊」式照片，現身是基本道義。當照片中的我逐漸跨入青春期，手機也開始大幅度取代相機，相機自此退居二線，要嘛成為老古董收在箱底不見天日，要嘛成為講究人的講究。

手機飛速地滑入我們之間。它貼合我們的哭與笑，下一秒，傳回無數個哭臉與笑臉，如此流暢無痕——如此輕盈，而野蠻。

我從而被迫大量地目擊自己：購物，餐敘，通勤。我孤身一人，我淹沒在人群中。照片中的我，十張中有七個閉眼，八個駝背，九個衣髮撩亂，百裡挑一，怎麼挑都沒法從一窩醜小鴨裡撈出隻天鵝來。我彷彿窺見另一個我，同時又極力否認那真的是我。IG上滿屏小模網紅美照，妝容動作神態樣樣不馬虎，目光再三逡巡，終於忍不住伸手微調——只消伸出手指，修圖APP上這邊一抹那裡一勾，眼耳鼻舌身無一處不能精雕細琢——人比人，不見得動氣，但十有八九會迎來極其婉轉而全面的規訓。

有了臉，有了身體，還遠遠不夠。美貌既有高下，按其等第，便應當配以不同的陪襯：鮮花、珠寶、名車與豪宅……至不濟，妝髮衣飾總該悅目入時吧。在這場永不知饜足的軍備競賽裡，我一面服膺於箇中虛榮的邏輯，一面又窮於應付它；當我越投入，我便越能識破照片中的漏洞，美顏美肌雖足以自欺欺人，我卻不能為影中人正衣冠，遑論知興替明得失。

一切皆與凝視有關。看與被看。不幸的是，在展演與品賞兩者之間，始終存在著不可忽視的落差。

攝影看見了美，只不過，將攝影所引發的焦慮全然歸咎於美，實在是小瞧了它。每當我意識到鏡頭正對著我，整個人不自覺緊張，表情生硬，全身石化。攝影像一種放大術，使肉眼可見與不可見的悉數歷歷如繪，但攝影同時又使人縮小，小得不足以與之抗衡。最後，我多半選擇了這個姿勢：雙手拘謹地交握，嘴角微彎，拉出一個合宜的弧度——姿勢標準到接近呆板。我只好又盡可能試著讓自己看起來有一點表情，雖然，表情無濟於事。

善攝的友人們適時地發話了，下巴再縮一點，記得抬頭挺胸收小腹——拍攝者整日斟酌如何取景運鏡，意見錯不了，只是，當我依樣畫葫蘆地被擺拍，眼前的女人披著一副與我極其肖似的軀殼，但除了這點之外，我和她找不出絲毫共通處。她看上去相當得體，幾近於端嚴。這不是我。

更上相，或更像我一點。對著鏡頭來回顧盼，一面回想那些令我印象深刻的美照，而後明白我真正豔羨的並非容貌、構圖或光源，而是自如。一種面對鏡頭的不卑不亢。只有克服對鏡頭的恐懼，鏡頭方能還原（起碼是一部分的）人們。反過來說，我的警覺註定讓照片中的我不斷擺盪於彆扭與虛張聲勢之間。攝影始於形，卻從來與神密不可分，得形容易，得其神卻不然——就不必提這神還是別人隨手截獲，再輾轉交託到你手中。一來一往，三魂七魄即使俱全，怕也免不了折損幾分。

偏偏鏡頭無所不在。鏡頭將日常瓦解為無數碎片，不倒數，不預留時間整理儀容，喀嚓。就這樣，我突兀地出現在他者的觀景窗裡，我從此留下。Google map 上，數年前造訪過的簡餐店至今仍有張我的半身相：遠景中，我半低著頭攪拌冰紅茶，一臉煩躁。照片的上傳者我並不認識，如今我也壓根兒記不得當時到底為的哪樁，然而，那一日的不耐煩一路尾隨，再也無法丟下。鏡頭帶來的豈止是一道目光而已，攝影形同圍觀。

我無計可施。作為鏡頭恐懼症患者，在從前，我的日子實在好過得多。

我的恐懼，在社交場上最是暴露無遺。一個人有沒有拍照需求，全憑他自己高興，一遇到聚會，卻總有個誰率先舉起鏡頭，兼指揮眾人各就各位。人家提議拍照留念，能怎麼辦？應了無異於給自己找難看，推了，彼此都難堪。遲疑間，諸事皆已就緒，到這地步再不情願也只能就範，殊不知拍完一輪團體照，接著又紛紛合影自拍，一輪拍過一輪，笑到最後，只剩肌肉勉強拉扯出個模樣。

正經說起來，團體照其實比獨照容易一點。人影團團，手腳扭掠（liú-liah）些，自覺地找個畸角扮綠葉，雲深不知處。有時意圖過於明顯，一舉被拎出來再重新塞回去，這又太顯眼了。

實在推不了，事後我也絕少回頭檢視照片，免得內心後悔又生。

假若眼前是幾隻雀鳥或一盤美餐，我也會反射性地翻出手機拍照，事實上，我的手機裡存放著大量隨手拍下的日常風景。作為拍攝者，按下快門的瞬間我心中絲毫沒有負擔，鏡頭掉轉，忽然間，我就成了俎上之肉。拍攝者深藏鏡後，被攝者則必須交出自我，攝影的不對等早在一開始就決定了。直到某日雲端提醒我儲存空間不足，被迫整理相簿，我發現，我不假思索刪去的竟也都是這一類日常風景。

為了消化對攝影的恐懼，我也習得如何巧妙轉移焦點，托腮假作沉思狀，手握馬克杯湊近唇邊，有了動作，觀者就會自動補足未完成的部分。假若一時缺乏靈感和道具，索性側轉過身，留給鏡頭一個背影。對攝影，我心中始終存著無以名狀的牴觸，這種抗拒心理，或許在攝影的歷史上從來不曾完全消逝——早在攝影術發明之初，便傳聞它會盜取被攝者的靈魂——我不害怕靈魂遭竊，我只是對「被看光光」抱持著揮之不去的壓力。

目睹，窺探，又或徹底抹除。我永遠無從確知鏡頭的目的究竟為何，這使我落入被動之中，而我的被動，讓鏡頭更進一步宰制我。

儘管如此，攝影亦有其少數的豁免。

那多半發生在淩晨五點，放射科技師推著移動式X光機踏入加護病房，在患者身下塞入成像板，揚聲高喊：「照片子囉。」喀嚓，射線穿透人體，留下一張X光片。時間往回推移二十年，當X光片還是一張張實質的軟片時，首先要經過暗房沖洗，封入牛皮紙袋，待閱片時取出。數位化後省略這一整串手續，只有那聲「照片子囉。」保留了下來。

昔日，X光曾被稱作照骨術，見骨而不見皮毛，自然毋須言美化。X光是一種更深刻的攝影。只不過，從色身中見白骨，往風沙裡淘黃金，X光也自有一種不容迴避的寫實吧。

是以，放射師喊這一聲宛若暗號。X光輻射劑量雖低，但出於職安考量，醫護們暫時放下手邊事務，紛紛走避，蹲低，躲至嵌入鉛板的護理站後方——護理站總是設置在病房中央，若套用傅柯的話來說就是全景敞視理論，然而，此刻它猶如掩體般，供我們藏閃，屏蔽無所不在的放射線。

這是攝影恩賞予我的例外時刻，一彈指，不會再多。而我心懷感激。

——●○Linephobia

叮咚。

早也叮咚，晚也叮咚。公務交辦，私人交誼，叮咚叮咚叮咚。來得十萬火急，一打開，滿地雞毛蒜皮。廢話都能忍，怕只怕話頭發散到最後，沒有話了，剩貼圖來來去去。人在群組中，長期潛水，非到萬不得已絕不浮出水面換氣，好不容易偷得片刻喘息，坐下來好好吃頓飯，店員殷勤招呼，示意你加個 Line 吧方便推播品牌訊息。

即使靜音，它還是很惱人。靜音不是隱身術，未讀訊息依舊如雜草般刈之不盡，不看擔心漏接，已讀不回，這樣未免也太失禮了。手指上下動一動，一夜過後，發現自己又躺在草堆裡。

按理說，我這一代人，自小網路漫遊，社群一個換過一個，早該見慣。但如果是 Line，還是很煩。

太近了。

實體場合注重社交距離，一到雲端，人與人的界線便隨之淡化。相較於Facebook、Instagram或YouTube，Line不涉形象，主要作通訊用，附加的少許功能也都陽春，一不留神，難免親疏不忌，加了比預期中更多的人。距離拉近，彼此嘴臉一清二楚。這緊密同時也體現在時間上：信件緩慢，電話為詐騙集團所滲透，許多人看見陌生來電一律拒接；至於Line，它幾乎被默示為即時的。

為了推託，我早已備妥了標準答案：「啊可是我很少用……」內心暗暗希望對方懂得就此打住，不要再問了。

但總有避無可避的時候。打開Line，穩居排名前一二名的分別是工作和家庭群組，前者總在下班時段飛來海量訊息，後者照三餐為我更新長輩圖。每日厭世程度隨標記著訊息數的紅點而漲落。為著從俗，我也買了貼圖，但再可愛的貼圖看久了也會失去新鮮感，況且深諳以圖止圖道理的人很少，圖來圖往的人永遠嫌太多。

不是沒有想過索性移除了事，可是，會不會真的有誰只能藉由Line聯繫到我呢？我將全部聯絡人瀏覽過一遍，但不能確定是否有所遺漏。這一猶豫，就繼續耽擱了下去。

這樣說起來，Line完全具象化了人與人之間的各種line，平行線，紅繩，鐵鍊……也許這正好說明了我的恐懼。關係一旦締結，難免千頭萬緒，拉太緊形同勒索，放手，又不確知連結是否仍然有效。意識到這件事以後，移除應用程式就不再成為選項了，無形的牽絆默默拴繫我，綁縛我，使我感覺安全的同時也將我網羅其中。

整天守在線的這一端，感知拉力強弱，又或丈量線與線的勾連編織，直到接收不到任何訊息為止。失聯的對話框逐漸沉至畫面最底部，這時候，即使使出拔河般的力氣，也再拉不動什麼了。線的彼端從此鬆了手，那忽然的空白竟比噪音更讓人無措，我側耳細聽，斷開的一截線頭在虛擬中飄動著，發出獵獵聲響。

——●○寫作的拖延

發生在日常任何一種狀況裡，重度拖延即使不至於犯眾怒，自己難免也要暗中心虛吧。明日復明日，暫且先預支一下明日——這一借，當然再沒有還回去的道理。

唯獨寫作的拖延不受此限。寫作是例外。

寫作——更寬泛但確切地說，任何涉及創造的智性活動——並非投入了時間精力就能立即獲得回報。儘管我們對曹植或巴爾札克的故事並不陌生，輪到自己則從來不是這樣；字與字之間，理論上存在著千百種勾連疊加的可能性，實際操作一回，發現一個字原來就只是一個字，不多不少，十三不靠。咚一聲，石沉大海般落入潛意識，沒了。

這是何以寫作從來陷人於拖延之中，形形色色的拖延與之相較，簡直小巫見大巫。

所以我不打算抵抗它。既來之，則安之，我選擇盡我所能地享受它。上網看貓照狗照，看人很煩，貓貓狗狗卻意外令人心曠神怡；鳶飛魚躍，滑過一輪還有水豚烏龜狐狸。一面看，一面轉發給友人，友人們順手點評幾句，一來一往，一個早上就這樣過了。

然後我開始灑掃。擦地，刷浴室，平日隨意抹過的桌面，這時邊邊角角都要徹底照顧到，繞屋三匝，力求內外煥然一新。去汙除霉抗菌，沐浴洗晒燙衣，死線前夕，我的房間總是分外光潔有序。

經過漫長暖身，我終於回到書桌前。但寫作並非始於此刻，在此之前，一切看似無關無意義的分岔都間接參與了寫作，在此之後——不得不承認，許多時候，我對世界確實感到無話可說。關於寫作的眾多妙喻之一是爬格子，爬這個字，尤其耐人尋味，別人上天遁地，我呢，不止由登高一降而為匍匐，還經常前進兩步後退三步，退無可退，乾脆一屁股坐下來。

明明補的是西牆，轉頭竟看見萬丈東牆平地起。這種繆斯跑錯棚，一次開四五個新檔案的事，也不是沒有過。

寫作寫到這地步，內心未嘗不湧起後悔或自我懷疑。許多作家強調過紀律之於寫作的重要性，寫作猶如日課，每日或得三五十字，或三五百字，都好。只是，一日不練，就一字也不能得。我深以為然。但紀律並未真正解救我於拖延，反而是我經常在寫作的拖延中印證了秩序：先求吃飽睡好，養足了氣力，回過頭重啟灑掃看小動物照找人聊天循環。歧路一再分岔，一再生出新的歧路，行行重行行。曾聽過不只一位友人言及寫論文期間意外點開各項技能，不運動的跑了幾趟馬拉松，遠庖廚的也能整治出像模像樣的一桌菜。然而我什麼也沒有做，除了跟某個字或某一句話虛耗著，什麼也不想做，任一籮筐又一籮筐的番茄鐘兀自擠壓成番茄醬。

折騰了大半日，整個過程甚或長達數日至數十日不等，當這一切快樂緩慢遞進為痛苦時，寫作就開始了。

寫作同行之中，重度拖延者不在少數。普魯斯特《追憶逝水年華》從三冊拖成七大冊皇皇巨著，達文西一幅〈岩間聖母〉（*Virgin of the Rocks*）一畫二十五年。天才亦不能自拖延的泥沼中全身而退。整整二十五年，無論就耐力或恥力的角度來看，實在都少有人能及，會的人果然什麼都比較會啊。才華與努力之外，我輩連拖延的決心也不如人，這樣一想，不知該慚愧或慶幸才是。

時間是一切的良藥嗎？對拖延症來說，放寬時限形同緩刑，但一日緩過一日，緩刑就此拖成了無期徒刑亦未可知。

拖延到底是可恨的。弔詭的是，越覺其可恨，就越能理解到拖延實屬寫作中的必要之惡。人從語言未能表述的真空狀態中試著發聲，不苟且，不隨俗，不計得失，拖延忠實反映了其間的時差。而在一次又一次的逃逸又回返中，我也清楚地感覺到——恐怕不是太多，而且完全不實用——一點點愛。

癖處自說

偶然在網路上看到的小遊戲，整齊排開如同安迪．沃荷的康寶濃湯罐畫面中，夾帶一個——假設那就是罐頭好了——倒置的罐頭。一模一樣的馬口鐵罐，紅白雙色紙，手寫連體花字，只是因為明顯反秩序而行，一眼看過去，立即吸附注意，恰如其分地引發了某種不協調，甚至不適感。

我總覺得沒有這麼簡單。太醒目，太刻意了。

實際上遠非如此。你定定凝視著罐頭，試圖比較無數張紅白雙色紙是否存在著色差，紅與紅相貼，白與白對照，魔鬼就藏在細節裡。強迫症也是。不明所以的人覺得你煩不煩不買就讓開，等不及的，從後面直接越過你，伸手抓兩個罐頭扔入購物籃，頭也不回地走了。不明所以是恩賜。

強迫症時常陷人於辭不達意之中，如一道無形之柵，橫生於日常諸般皮毛瑣細間，門內的人埋著頭兜圈子，門外的人自顧自地前進，不曾察覺到這裡存在著什麼樣的皺摺或斑點。柵欄畢竟不是門，還留下少許互通有無的隙縫，只是那隙縫也不足以改變什麼，像真空中的通訊，說得越多，隔閡反而越深。那隔柵，假若通關密語是芝麻開門，那麼喊花生不行，喊綠豆，當然也沒人來應。

芝麻綠豆小事，一旦浮顯，頃刻便落入豌豆公主的夢魘，徹夜不得安睡。公主矜持，即使明知對方有意試探，表面上也不肯失了風度，但在那名之為強迫的漩渦中，沒有他人，只有我與豌豆。於是佯裝若無其事就變得幾乎不能夠，它在那裡，光滑又立體，滴溜溜地打轉；一想到這裡，忍不住翻身坐起來，下床，一層層揭開柔軟的羽絨被，被褥下的床單，床單下的床墊。

豌豆未必存在。但直到確實地捏住它以前，當然豌豆一直都在。

豌豆所衍生出來的，其中一個問題是：人們永遠無從知曉究竟是什麼會成為彼此的豌豆。這個小宇宙面貌極其多樣。比如洗手，有人強調時機，有人計較動作是否確實，也有人的執念在肥皂和泡泡。

一個人的鴻毛，毫無懸念，輕易能化作另一人的泰山。

癥結固然微不足道，其引發的糾結，則往往不足為外人道。許多疾病因微觀而顯影，細胞、染色體、基因、懸浮微粒、輻射、細菌、病毒，但強迫症恰好相反。越精細就越荒謬。越藥石罔效。於是，某個向度而言，它的確非常類似痴迷，不知何所起，一往而深。我一直怕錯過車次，旅途中尤甚，類似情境現實中發生過幾次，夢裡反覆重演無數回，夢比現實更被動，沒法補票，找不到變更交通工具或路線的方式，只知道跑，徒勞無功地追。原始得可怕。我一次都不想在現實中遭遇同樣的困境，寧可預留出大把時間，當我站在空蕩蕩的月台上，黝黑鐵軌向北向南一路鋪展到肉眼所不能及的遠方，心裡便靜定，說不出的清爽從容。

旅伴非常不解。他看看錶，試圖說服我，欸我們明明可以再多玩一會兒的。

沒關係，在這裡等車我覺得很好。我絲毫不為所動。

上車以後，整個人立刻鬆懈下來。我歸置好行李，搖低椅背，拉下遮陽簾，準備睡覺。這時，旅伴忽然靠過來將遮陽簾再往下拉一點點。

怎麼了？這樣，他比劃著，高度才會跟前一扇窗的遮陽簾對齊。

聞言，我失笑。這才發現前方旅客原來也拉下了遮陽簾。我無從得知前方旅客是否聽到了這段對話，假若聽到了，又作何感想，但如果以遊戲來比擬，強迫症毋寧更接近踩地雷。這一步風平浪靜，什麼都沒有發生，下一步什麼都可能發生。

強迫的愉悅，強迫的挫折，大抵都始於天性中的一截犄角，是以不得不為。幸而那些稜角大多數朝向自己，絕少殃及無辜。胸懷犄角，久了，慢慢琢磨出一點光澤，不細看的話，也就以為那是寶石了。

寶石比豌豆更麻煩。終日揣著，究竟是耽溺還是為難，這有點難說。畢竟，自我取悅和自討苦吃，往往也就是一線之隔而已。

——●○界

很少造訪醫院的朋友告訴我，醫院有股味道。

什麼味道？這個嘛，朋友面有難色，遲疑了好一會才開口，大概是消毒水味吧。

每一日，醫院大量地噴灑酒精和漂白水，從扶手、電梯按鍵到桌椅牆面，擦過隨即揮發，而後又重行擦拭。液體揮發了，氣味卻逐日深入器物紋理，木料金屬陶瓷塑膠，無一例外受其浸潤，最後，氣味會與器物們合而為一。

消毒水只是一個粗略的概稱，這組嗅覺符碼由酒精、洗手液、漂白水、碘酒和紫外線所構成。醇類清涼微刺，洗手液略帶粉感，漂白水和碘酒味嗆而刺，紫外線聞起來則像過度曝晒的紡織品，有人說，這是臭氧味。

消毒劑抑菌抗疫，對近身與疾病相搏者而言，它像一層殼，阻絕炎症屏蔽感染，人躲在殼裡面，免受百毒侵擾。於是，再難聞，也就都能忍耐。何況聞慣以後，居然也有一種異樣的安全感，每當套上瀰漫著淡淡鍋爐氣味的工作服，口鼻被新拆封口罩殘留的環氧乙烷（Ethylene oxide）所籠罩，我立刻知道氣味們築成一道無形的牆，圍繞我，庇護我。

這是消毒劑拉起的另一道防線，在遏止傳染之外，它遮蓋氣味。

但凡人身，自然捎挾體息。初生嬰兒聞上去非常之甜，像塊牛奶糖，人們如蟻群般聚攏過來，眉眼皆含笑。嬰兒散發著純淨而單調的奶香，待幼兒長成，屬於個人的氣味才逐步成形：或乾爽如麥桿，或厚郁如香料。體味是指紋。

然而，醫院司生死，掌藥石，撲面而來的畢竟多是血肉殘軀。頭油耳垢唾沫痰液舌苔，人身多孔竅，一束束腺體蜿蜒纏繞，不斷地泌出各種油脂黏液，不斷向外冒。往下，潮騷暗湧，可意會而羞於啟齒的便溺和陰部異味；間或夾以血汗肉屑，或伴隨酸水食糜，氣味如菌落般雜揉滋衍，終日縈繞不散。

不知道為什麼，身染病症時，人聞起來比平時更複雜，酒精高熱酸酵，生病的人發出獸的味道。

氣味的確可以作為診斷線索。氨味多與腎病相關，綠膿桿菌感染帶有葡萄熟果味……我逐漸發現氣味之間亦有一道隱約的界線，一旦越過，就被歸入疾病。卡繆《鼠疫》和托馬斯·曼《威尼斯之死》不約而同地提到甜爛蘋果味，這介於甜美與腐朽的氣味將敲響黑死病的喪鐘，至於推理小說經典橋段：偵探俯身嗅聞死者口腔，假若隱約傳來苦杏仁味，立即推斷死因為氰化物中毒——其實，近半數的人無法藉由嗅聞辨識氰化物。

病情或可隱瞞，氣味卻難遮掩，疾病需藉由實質途徑傳染，但氣味不必。氣味像一塊餌，一旦佈下，接下來只要耐心等待，颳起一陣風，吹一口氣，隨即漂浮四散，最終抵達布滿嗅覺受器的嗅覺上皮，勾起無窮好奇。

患者也會察覺體味的改變。診斷疾病需要受過專業訓練，對氣味的敏感度卻更接近天生，我曾聽癌症病患談起發現癌的契機，不是摸到腫塊或持續不明原因疼痛，而是自我感覺體味異常。患者告訴我：「這很難解釋，不過，我知道我聞起來不太一樣了。」確診以後，他每日洗澡數次，試圖洗去癌的氣味，卻仍然徒勞無功。氣味的改變其實暗示身體主權的讓渡，失去的主權，可能會再度交還，更多時候，則是不可逆。

醫院多長廊，左右各關病室，一間接連著一間，氣味交叉遊走，幾次折返，汗臭血水食物熱煙就落了滿身。並非所有異味都指向疾病，有些源於日常生活習慣，比如隔餐便當；有些不過是環境背景中的雜訊，比如潮霉和油漆；有些則暗示了患者原本在社會中的頭銜高低與人際紐帶深淺，比如花香……每當我踏入病室，我會先深吸一口氣，試圖辨認疾病是否先我而至，暗中設下埋伏。

最先湧入鼻尖的時常是尼古丁。新鮮尼古丁辛嗆而略帶火氣，近於張牙舞爪，經久，焦油味逐漸散去，爪牙收攏而日趨深沉——攀附纖維，積澱臟腑，化為X光片中的一抹煙雲。抽菸當然不被允許，患者亦懂分寸，放風前打聲招呼：「下樓透透氣。」彼此心照不宣。氣味雖不能言，卻是最有力的證詞。再靠近一點，薄荷油暗示脹氣、偏頭痛或蚊蟲叮咬，香皂和潤膚乳液多半意味著受到良好照護，至於樟腦花露水之類，猜想是從衣櫃妝台帶出來的，病中仍然講究體面，患者想必頗重禮數吧。

第一印象是重要的，先記住輪廓，而後才細嚼慢嚥地將氣味吞吃入肺，一股股分拆辨識。身體是肉，一旦變為氣味的溫床，其核心風味也多半圍繞著血肉：炎症、積液或穢物，成住壞空。氣味即血肉。肉的需求不外乎餵養與清潔，最基礎的生理層面，然而，再怎麼勤於餵養清潔，最後，肉會不可避免地腐敗，即便腐肉剜盡，上藥，層層纏裹包覆，病腐氣息仍然宛如附骨之蛆，久久揮之不去。每一次嗅聞，都是為了更精準地對應並擴充整組病氣詞彙，區分越仔細，便越能循氣味抓出病灶。

疾病的氣味難免多有不雅，比我資歷更深的前輩們早早練就一身聞風不動的本事，一旦遭遇奇襲，不僅足夠自保，且能避免雙方尷尬。那優雅身段並非人人苦練能得，而對於病氣的拒斥，除了一己之好惡，恐怕也來自趨吉避兇的生物本能。

病菌會深入身體，氣味也會。病菌的宿主是人，氣味的宿主也是人。去除氣味，幾乎便等同於戰勝疾病。兩者不但來源緊密相關，其治理的邏輯同樣具有驚人的一致性，前者藉由消毒劑剷除，後者仰賴藥物根治。只是，病菌在顯微鏡底下終究會顯形，而氣味不可見，卻比任何可見的身體部位都更使人感覺裸露。從最簡易的清潔到最深層的滅菌，日日勤拂拭，假若除而不盡，只得戴上口罩加以遮擋，遍灑精油花水，試圖覆蓋疾病的蹤跡。

遺憾的是，當人們努力清洗除汙的同時，疾病也日夜不懈地分解著身體。但凡一息尚存，孔竅們便將很快再度填滿它自己：痰液積蓄，血水滲漏，屎尿排出。氣味於是成為一道時刻變動的防線，這端有人反覆消毒加固，彼端，疾病不動聲色地伸出觸手，尋找破綻，伺機發動另一場反撲。疾病與消毒劑彼此拉鋸，既不相容，又無法完全抵消，一吐一吸，醫院中無處不存在這永不疲倦的拔河。

疾病以氣味標記勢力，換言之，氣味乃疾病的記號。氣味一再試圖跨越的，其實是病與非病的界線。

為了越界，氣味會矇騙嗅覺。一種常見狀況是嗅覺疲勞，這是避免過多訊息造成神經系統負荷過重而生的機制，另一些狀況則被視為疾病。失去氣味，也許將暫時使人豁免於感官侵擾，然而，它隨即落入另一種恐怖之中：那意味著，界線的泯除。

氣味也會抵達消毒劑無法觸及的深處，甚至，它會完全侵入我，最終成為我的一部分——據說，外科醫師對酒精的耐受性更高，善飲者不知凡幾，滴酒不能沾者反而時常被視為異類。這是因為長年待在手術室，環境中的麻醉氣體早已在不知不覺之中經由毛孔滲入體內。

如同某種隱密的足跡，以乳為始，以塵土作終，氣味從中蜿蜒行過，忠實記錄人們的年齡、環境衛生、飲食偏好、生殖週期與種種經歷。

那麼，消毒劑試圖抹去的，其實是人的總和。某些體質敏感的人聲稱，他們可以憑藉氣味感知死亡，人之將死，氣味也會有所不同。這樣的事，我是相信的，動物會經由氣味辨別敵我，雖然人類解讀氣味的能力遠遜於動物，但死亡降臨前夕，或許真能察覺氣味越過生死之線前來示警。

而我只是來過，受洗滌，被浸潤，在病氣和消毒劑之間隱約感覺一種此消彼長，但無論潔淨或汙染，我都無法長久偏守任一方。我只是嗅聞，記錄，走走停停。我所行過的窄路，是安危之界，生死之界。

大流行

——●○碘

我對碘十分警覺。

說得更確切些，不是碘，而是碘酒。碘酒是碘溶於酒精的混合物，可是它不像碘，遇熱會揮發為深紫羅蘭色的蒸氣，也不像酒精使人暈眩盪漾。

碘酒往往與傷口緊密連結。皮膚薄如蟬衣，卻是天然屏障，一旦破損，血水如絲縷般向外滲漉不絕，雜以皮屑斑駁，飛沙落塵，若未能及時清洗消毒，待血水乾涸，處理起來更費事。都言皮膚表淺，但表淺有表淺才會遭遇的搓揉，鵝白棉枝蘸飽碘酒，以傷口為中心向外畫圓塗開，熱辣刺麻癢一股腦兒湧上來，所謂皮肉之苦，一半始於刀劍，另一半是刀劍的仿真。

若不然，碘酒也關乎變色。小學自然科學課堂上，取碘液測試澱粉，深褐色碘液滴入馬鈴薯或玉米，豐饒大地瞬間變色，一塊塊藍黑沉澱物凝聚成團，像青紫疼痛的身體。

碘酒帶走菌落，只是，有時候它彷彿帶走更多。

那是繼口罩、手套、防護衣存量告急之後，新一輪的物資荒。防護用具尚能盡力撙節，洗手卻無論如何不可能省略，於是，當原本使用的抗菌洗手液供貨不足以後，醫院提供了碘酒作為代替。

褐黑的液體注入掌中，黏稠，微嗆，兩手一搓，順著掌紋緩慢流向每一處縫隙死角。碘酒起泡不易，得輔以洗手刷來回刷洗，刷毛粗韌，指掌腕肘來回刷一遍，水嘩啦一沖，一層透明的皮也隨之流走。

刷過手，手上仍然殘留著奇異的滑膩感，毛孔縮起來，既乾且澀，從指尖一路綳上來。碘酒易著色，改為供應碘酒後過不了多久，水槽邊緣就積了一圈若有似無的暗色濁垢——那是無數雙手刷洗之際，沿指掌動作飛甩出去的泥褐泡沫，泡沫沖去了，殘存的碘卻逐步積累孳生。汙漬經由雙手伸向萬物，紙張，衣袍，斑斑點點，一旦不慎沾染就再難洗去。

每日洗手多次，洗得多了，不免懷疑色素是否就此附著於肌理間隙，越洗越黃，越洗越粗。肌膚是另一種纖維。當纖維反覆受損，輕則紅腫搔癢，接著開始脫屑，並伴隨以細小的龜裂，甚或流血。假若受損不深，養護也得宜，龜裂終會再度癒合結痂，一段時日過去，新生肉皮覆蓋完全，痂於是脫落，露出幼嫩而服貼的肌膚。纖維會修補它自己。然而，一旦時常處於受損狀態，又或是破壞程度遠超過可修補的範圍，纖補趕不上斷裂，纖維就被倉促地壓成一團，粗糙的，人們稱之為繭或疤痕的東西。

像所有過敏者一樣，越避之唯恐不及，過敏原就越發無孔不入。手術前，手術部位先用碘酒大面積消毒，爾後才下刀；優碘坐浴被廣泛運用於飽受婦科炎症之苦的患者身上，甚至，善飲的朋友曾告訴我，艾雷島產泥煤威士忌以煙燻混合著碘藥水味為其特有香型，碘香來自泥煤煙氣，泥煤來自千萬年前苔蘚的殘骸。

死皮剝落，新肉長成。病菌和刀劍使人千瘡百孔，碘也使人千瘡百孔，最終，兩者會變得非常相像。我試著不去思索那死去的自己的一部分，受時間擠壓純化，會變為什麼，我只在每晚臨睡前張開雙手，仔細膏以乳油，準備迎來下一輪過敏循環。

●○陰翳禮讚

打開觀片燈，漆黑的是空氣，其次依序為脂肪、軟組織、骨骼到金屬，逐漸轉白。

教科書上有句口訣，初學胸部X光判讀的人必定都讀過，由A至N，每個字母對應一個器官，以防疏漏。依據影像濃淡、輪廓、樣態與分布位置，輔以病史和臨床症狀，便可推知究竟是水、血、痰、腫塊或異物，有時候，黑亦使人心驚。氣胸是黑的。

凡陰翳皆有對應之因由。盤踞已久的陰翳並不值得害怕，反倒是陡生者令人警懼，偶爾，它來勢洶洶卻無跡可尋，此時語多保留：「有一塊陰影。」

這句話委婉到毫無波瀾的地步。陰影可能意味著什麼呢？它不解釋，它單純描述一樁肉眼可見的事實。不褒不貶。它是緩兵之計。許多次，我藉由這句話獲得暫時的庇蔭，但也不免心虛，我知道，這借來的片刻終究要還回去，而話中留白處多懸疑，病家接下來好幾日難免要籠罩在若有似無的陰影之中。

肺葉甚大，氣血穿梭，彼此互相支應，感知些微徵兆變化並非易事，然疾病推進卻非無聲，等陰翳化作痰喘，半數業已埋伏多時。

入春以來，全世界宛若瘟疫公司（Plague Inc.）真實版，確診病例與日俱增，遊戲內代表病例數的成千上萬個紅點，遊戲外，是成千上萬張佈滿陰翳的X光片。草木皆兵，看什麼都像COVID-19。X光片變化稍遲，及早確診還得靠採檢：將棉枝探入鼻腔深處戳刺紅腫的鼻咽後側，取得分泌物送驗。採檢很痛，務必一擊而中。接觸頻繁，不免整日覺得喉嚨搔癢，反覆確認體溫與嗅覺味覺有無異常？患者檢驗報告陰性或陽性？諸般寢食難安，毋寧也可視為陰翳的一種。

烏雲罩頂有時，不過，陰翳也會帶來意料之外的禮物。

所謂陰翳，其實就是X光無法穿透的部分。疾病因無法被放射線穿透而留下雲霧般的影像，繚繞之處，亦是解謎的鎖鑰。陰翳乃疾病之聲。

作為醫者，只能安靜聆聽、翻譯，或有缺漏處，或有未解處，在在提醒人力有時而窮。

許多個月以後，某日，無意間點開全球疫情地圖，發覺全境幾乎皆為瘟疫所吞據，暗色地圖上遍佈星星點點，無恙者多屬人跡罕至之地，又或者，像台灣這樣，防疫有成。凝視地圖中相較他國顯得黯淡的台灣，我深深吸了一口氣，感覺肺葉在胸腔中安然舒展，不知道為什麼，竟湧起一股劫後餘生之感。

待病癒，持續好一陣子，疾病的瘢痕仍然隱約可見，或浸潤淺淺，或開洞，或纖維化——是的，陰翳亦可為史，忠實記錄此身所歷。

——●○砌一座金字塔之難

部門裡有兩個 Line 群組，一個講正事，一個講正事以外的事。

正事以公文佈達為主（自二〇二〇年初瘟疫爆發以來，這一年半，一份部門內 COVID-19 相關處置陸續修改共計二十九回，簡直令人髮指），夾雜零星許願文和抱怨文；至於正事以外的事，涵蓋日常可能遭遇的各種疑難雜症，無一不包。

不過，後者最重要的功能，毫無疑問是團購。

團購絕對是上班族少數的樂事，滿千送百，折扣免運小禮物，花少少錢，享有一樣（甚至更多）的服務。一個人也許能獨自看電影、隻身旅行，但購物不妨結伴，團購是團結力量大的最佳實例。

食物永遠第一，既是民生基本必需，而且消耗快，得經常補充。泡麵和罐頭早已成公認的抗災雙寶，風災水災正餐宵夜，處處用得上；水餃穩居懶人首選，但疫情轉趨緊張後，稍具口碑的水餃都要排隊等上幾個月，只好轉而下單即食調理包和冷凍食品；接著，考量到飲食均衡，又訂了蔬果箱。防疫苦悶，不能不設法減壓，那麼，頁面一滑，看看零食和酒水吧。

然後是各種清潔用品。酒精形同斷貨，連帶拉抬抗菌洗手液和漂白水，至於我，我在同事推薦下買了壓縮毛巾。壓縮毛巾的外觀尺寸和糖果差不多，毛巾吸水性強，一吸水立刻膨脹柔軟起來，對於進出隔離區必須頻頻洗澡的我來說非常方便，用完即拋，還省去晾晒麻煩。同理，有人買了美髮剪刀，長髮吹整費時，不如趁早添購一把剪刀。

然後是防護用具。外出護目鏡和防護外套不能少，居家必備空氣清淨機，但即使如此，疑慮仍然揮之不去，瘟疫進程悄無聲息，為了及早預防快樂缺氧（Happy hypoxia），血氧機一躍而為團購新寵。

血氧機既然有了，那麼，下一個問題來了，我們要準備氧氣嗎？過去一年，陸續聽聞印度、印尼、伊朗等地醫用氧氣奇缺，透過黑市交易亦未必能得，在醫院，氧氣由液態氧貯存槽汽化輸送至各處，牆上設有氧氣閥，一扭開，氧氣隨即汩汩瀉出。我們盯著牆陷入了沉默，情況可能演變到這地步嗎？

指尖點擊選取，放入購物車，結帳。囤積與斷捨離的天秤在這一刻被重置了：囤積不再是放縱慾望，而是超前部署；斷捨離也不再等同於節制，事實上，我已經記不得上回聽到斷捨離是什麼時候的事了。

入坑無罪，手滑有理，團購是眾人集＋1之力護住大局＋0。隨著戰線不斷拉長，院內感染時有所聞，所有人的訂單數量都默默地將隔離十四天的份量計入，隔離隨時可能啟動，不能沒有準備。

為了不落人後，我也偷偷觀察周遭朋友的防疫物資清單。友人A採買不忘收納，疫情之初早早購入一整套保鮮盒，讓蔬果生鮮各就各位；友人B坐擁啞鈴瑜珈墊健身環，一副把健身房搬回家的架勢……購物紓壓，但購物也使人對日常生活保持嚮往。甚至，購物也是為了報恩，繼橫掃一波日本零食和美式速食紀念台美日友好之後，當立陶宛政府宣布捐贈台灣AZ疫苗，同溫層迅速搶購立陶宛啤酒和巧克力。還有還有，這個夏天，放眼望去全民都成了芒果富翁。

乍看是失心瘋大灑幣，可是，買什麼、買多買少乃至於消費水準這種事，說到底維繫於一個人既有的資源。比如冷凍櫃，除非祖上積蔭有餘，預先置了房產，否則對雙北租屋族來說仍然可望不可及。人透過購買反映焦慮、需求與品味，而焦慮和需求又往往和一個人究竟是怎樣的人，甚至，他想成為怎樣的人有關。

物流壅塞的緣故，當雪片般寄出的訂單回到我手中時，狹窄的房間瞬間被塞滿，幾難通行。我被困住了。為了能順利走出房門，我不得不暫時將紙箱們層層堆高，然後，接下來幾日，每當紙箱不小心被我碰倒，我就想起馬斯洛的需求層次理論，從金字塔底層的生理和安全需求到金字塔頂端的自我實現——不，不是這樣，砌一座金字塔之難，原來不僅僅是一個人要活下去，活得好，需要這麼多東西，馬斯洛金字塔的另一重警世意義在於，底層竟然會無止盡地擴張增殖，而那位於頂端的，會一夕崩然落地。

我立刻回到電腦前，向食物銀行認購了一批以中正萬華區勞工和街友為主要服務對象的防疫物資包。我不認識他們，但在我個人的金字塔中，我想，也有陌生人的一份。

為了未來某一日的所需，為了他者的所需。然而，我也知道，總有什麼無處可買，比如印度的一口氧氣，比如自由。

負壓

鋼板門在我身後關上。

卸下N95口罩，洗手，鏡中的臉浮出淺淺一圈凹痕，以鼻梁為中線，向兩側顴骨對稱展開，充血，泛紅，因久壓而隱隱作痛。

穿過走廊，走廊底端就是淋浴間，我脫下工作服，扭開熱水，徹底洗澡。然後拆開一包免洗毛巾擦乾身體，吹乾頭髮，套上另一套工作服。擠出少許乳液草草在臉上抹開，接著重新戴回口罩，新口罩剛好貼合臉上還未消褪的凹陷。最後，將垃圾分別丟入垃圾桶中，離開負壓隔離病室。

●●

五月第二個週末，訂了飯店附設的牛排館，那是城中一間以熟成牛排和景緻聞名的餐廳，天光如水，綠葉起伏搖曳，天光便隨之四處流轉飛濺。手中純銀餐具割肉如裁雲，一切細節近乎完美，帶著與過節相稱的莊重。

兩日後，全島防疫層級升至二級警戒。

前一刻世界還運轉如常，忽然之間，一切都失控了。不再是境外移入，不再是家戶感染，每日新增確診病例節節攀升，翻倍又翻倍，到這一步，再遲鈍的人心中都有了打算。行程推延計畫取消，隨之而來的是一波波移動與囤積，或戰或逃，防線破口細微不可察，唯人類本能反應至真。

說世界運轉如常，並不精確。大疫橫行一年餘，全球各國死亡人數逾三百多萬人，怎麼說都稱不上如常。但疫情之初小島僥倖占得先機，而後一路圍堵得宜，邊境管制，居家檢疫隔離，輔以疫調足跡層層包抄，即使落後一兩步也總能很快追上，普通市井小民影響有限，除了戴口罩勤洗手出國旅行遙遙無期，日常沒有太大變化。

一旦進入社區，事態就不一樣了。

三級警戒轉眼而至。醫院緊急召回所有人員，我們擠在門診區等候叫號，疫苗數量不足，即使同為醫療人員，也得按風險高低排序接種，不是人人有份。前後左右皆坐著熟人，有人低頭滑手機，有人呵欠連連，表面上漫不經心，實則難掩憂慮。偶爾有患者路過，湊過來問幾句，知道自己輪不著，又走開了。

門診患者其實只剩小貓兩三隻，大疫當前，小病小痛自動退散，連帶住院患者也紛紛辦理出院，偌大醫院瞬間宛若空城。電梯上樓，電梯下樓，電梯開門時總是一個人也沒有，玻璃鏡面光潔滑溜，隱隱飄散酒精氣味。

醫院趁機修築防禦工事。各出入口前搭起帳棚，數座帳棚連成一排，分別規劃為問診採檢之用，如需求治，得先通過諸多關卡才准放行。發燒、咳嗽、呼吸困難……現有的診斷依據早已不再可靠，但問還是要問的，問過以後，所有患者一律安排入住負壓隔離病室。

人力理所當然也被視為防禦工事的一環，打過疫苗以後，部門裡撥出一組人馬，專司輪值負壓隔離病室，以防交叉感染。

負壓隔離病室佔據胸腔科病房一半空間，單獨成室，許是為了管線排布方便，隔離病室多位於角落，如收治床數較多，便劃出一整區加以集中。這裡是胸腔科最險僻緊要的禁地，不見天日，少有人行。出入門扇皆為精鋼所鑄，雙層阻隔，厚沉而堅實，非磁扣感應不可開。病室內設負壓空調系統，空氣自門外流入，再集中由風管抽取過濾排除，利用氣壓差原理使空氣不致洩出。

患者幽閉於此，除了必要的診療以外，患者與外界的聯繫僅剩下對講機、全日監控系統，和一個足以遮物的小箱。人員進出，診治或送餐給藥，需配戴相應的防護裝備。最初幾日，無論是出於病勢嚴重或感激，患者多半盡力配合，然而，終日關在十坪大的房間內不得自由，難免漸感焦灼不耐。每當病況開始有所起色，患者便發問：「何時能轉普通病室？」負壓病室禁止陪病，探病也僅能透過對講機簡略交談，一切消息，皆賴他人轉達，日久便生與世隔絕之感。但這事真不是我能決定，我只得胡亂敷衍過去：「過幾天吧。」幾天之後又過幾天，患者終於忍無可忍了，這回我無話可辯，趕忙收好東西退出去，門無聲關上——為了防止患者脫逃，負壓病室都是預先設計了反鎖裝置的。

所謂負壓，其實只是稍微低於正常氣壓，人對於那一點點壓力差幾乎無感，真正難以忍受的，是隔離。隔離才是負壓病室的本質。幾次抗議無效以後，患者也會逐漸認清現實，一日日沉默下來，那沉默與其說是風平浪靜，不如說是一團無形的氣旋，自行凝聚，自行又瓦解。

抱怨畢竟是少數。病來如山倒，患者大半昏睡不醒，只有各種維生儀器運轉時發出的低頻噪響：靜脈輸液滴答滴答，規律如沙漏，不同種類的輸液各按其時，像不同聲部的沙漏各唱各的；如需精密計算，則改以幫浦輸液，幫浦運轉悄無聲息，除了上藥和滴注完畢的喀噠聲，就沒有別的聲音了。然後是呼吸器的送氣聲，一吸一吐，時而急促時而悠長，偶爾觸發警報，鈴聲大作，狹窄病室內迴旋幾圈，而後復歸於寂靜。

除此之外，好像也沒有更多了。沒有日照，沒有黑夜。沒有觸摸或對話。一般重症加護病房常見的梵唄、詩歌或親屬錄製的鼓勵祝禱，因為設備消毒不易，幾乎也都被勸退了。負壓隔離病室是獨立於所有房間以外的房間，在這裡，人剝除紐帶，喪失主權，甚至，為了確保管線不至於在翻動間無意滑脫，手腳會被套上約束帶加以纏繞固定。當患者離開負壓隔離病室（無論是基於什麼原因），按照程序，一切可銷燬的都要盡數銷燬，至於不能銷燬的，淋上大量漂白水和酒精消毒，擦拭，再次消毒，靜置。

直至沙漏停止，呼吸器關閉。

靜也是一種負壓。

●●

重症數隨著疫情升溫而逐日增加，為了消化源源不絕湧入的患者，醫院臨時調用了數層病室提高收治量能。被徵調的病室缺乏正規負壓空調設施，防禦工事再度啟動，安裝排風扇，拉塑膠帆布封住縫隙，如此，微負壓病室就開張了。

人需分流，空間亦需分艙。感染管制依風險級別劃分區域，微負壓病室屬於黃區，中度風險，住在這裡的患者主要有兩類：一類是確診輕症，多半從檢疫所轉送而來；一類與 COVID-19 無直接相關，只是因為尚未排除染疫可能性，暫時於此留觀，等兩次採檢陰性便可轉綠區。換言之，這裡是緩衝區——重症與輕症，確診與疑似的緩衝區。

聽起來似乎比較輕鬆，然而，因為環境負壓不足，進出得全程穿著連身防護衣確保安全。重裝上陣，呼吸如破蛹，繃緊，斷續，艱難地捕捉裂縫中稀薄的新鮮空氣，蛹殼保護我免於患病，同時擠壓著我所迫切渴求的氧氣。防護衣數量有限，為求撙節，盡量一衣到底，汗液淋漓浸潤，填滿口鼻間最後的空隙，呼吸阻力漸增，天旋地轉。

安全與危險只是一組相對概念，紅區黃區，我們私下一律稱之以髒區，dirty areas。

著裝，卸裝，洗澡除汙。只是，汙染能夠移除，負壓卻似乎始終如影隨形。

比如喉嚨搔癢，比如揮之不去的倦怠感，疑心總是從非常小的地方開始，落地生根，枝繁葉茂。太平日子裡不經意滑過去的風景，倘若存了疑心，便免不了勾出許多細節，越多細節就越不確定，越不確定就越要犯疑。疑心和瘟疫一樣，一出現破口，就再也無法完全消滅。

坐臥不寧，連帶三餐都受影響。負壓隔離區禁止飲食，好不容易捱到中午，脫掉汗溼而黏在身上的防護衣，梳洗乾淨，只想大量飲水。珍珠奶茶因此而成為廣受歡迎的選擇：補水，高熱量，且能降溫消暑。唯一缺點是放太久珍珠吸飽水分，膨脹糊軟。特殊時期，願意外送醫院的飲料店不多，同事們挑了一間，從此固定下來——倒不是感激，只是每天喝同樣品項，假使嗅覺味覺異常，能立即察覺。我每天喝一杯珍珠奶茶，有時兩杯，值班結束後返宿舍，掛好外衣和提袋，躺倒在涼爽的地板上一動也不動，奇異地不感覺餓，不想說話，不想洗澡。

負壓更早就存在了。

隨著線索日漸浮顯，疫情熱區一塊塊拼湊成形，我反射性記起——爆發前幾日，我不正巧在附近的牛排館用餐嗎？打開Google map，兩地直線距離僅八百公尺。一陣慄慄感爬上全身，像一個人獨自走在大路上，風光正好，忽然一腳踩空，墜入了深不見底的陰曹。我關掉視窗，細心清除瀏覽紀錄，沒向任何人提起這件事。

負壓不是穿過層層門扇才能抵達的走廊底端的房間，負壓能夠隨身攜帶，隨時打開，瀰漫洶湧。它有重量，它甚至會主動靠過來。負壓是一個巨大但肉眼不可見的漩渦，吸附它所能觸及的任何事物——誠實、倫理、信仰——而且只入不出。

下一個會是我嗎？我不止一次猜想，腦海中模擬，交鋒，敗下陣來。院內感染時有所聞，在醫院安排下，輪值負壓隔離區的人員每週接受例行採檢，手上抓著貼有姓名病歷號貼紙的採檢包，拉下口罩，任採檢刷強行塞入鼻腔，感覺幾乎近於溺水。一次過關，還有下一次，下一次會是我嗎？

草木皆兵，憂疾畏死。即使真正的兵與死還不曾降臨。

採檢絲毫無法緩解我的焦慮，我很清楚，在我體內作祟的不是疫病，而是慮病之病。但我不能啟齒。我唯一能做的，只有盡可能自我隔離——這並不難，小至個人居家辦公大至舉國封城，所有人都在進行一場漫長的隔離。隔離是驅逐，是避難，隔離無所不在。當然，隔離無法有效遏止恐懼傳染，但除此之外，似乎也沒有別的辦法了。

有那麼幾次，無意間想起患者們不厭其煩提起的那個問題：「何時能離開負壓病室？」對確診者而言，當PCR檢驗結果呈陰性就能轉出負壓隔離病室，但非確診者如我，真有徹底擺脫負壓的一日嗎？

值班空檔，偶爾我抬頭望向護理站牆上的監視器畫面，畫面切分為十數格，一格代表一間病室，其中總有兩三格是清醒的，監視器畫素很差，看不清表情，但能看到患者們在負壓病室中進食，讀報，起身活動筋骨。他們扶著牆在房內來回走動，繞圈，偶爾停下腳步喘息。步態緩慢，宛若困獸。而我置身於此，我雖有肉體活動的自由，卻沒有免於恐懼的自由。

我從座位上站起來，走到通往負壓隔離區的門前，傾身，確認壓力錶上的數字落在正常範圍內，然後抄錄在登記本上。門後，每一扇門都緊閉著，而人心隱密處也同樣有一個昏暗而無法輕易開啟的房間，我們獨自留在那裡，安安靜靜，繞了一圈又一圈。

●○小雷音

和友人約在水族店。三級警戒微解封，去哪裡我其實無所謂，但友人大學時代是水族社社員，又因我少識蟲魚，事就這樣敲定了。

水族店的燈光幽涼而森邃，道窄，左右皆置玻璃方缸，層層疊高，缸內以隔板斷開，分而飼之。狀似頗侷促，然而玻璃透光，視覺無限延長，流水循環流過蜂巢般緊密排列的格子洞，潺潺瀝瀝，便生清涼連綿之感。也有例外。養名貴魚種的，不隔；近門那座大缸，匯注店家手藝與審美，多少有點展示意味，也不隔。空間即階級。餘者各從其類，玻璃缸面上標明品項售價，若欲自行挑選，需另外加價。

到底和海生館不一樣，既無心於教化，講解圖鑑皆能省略；和海鮮餐廳也不一樣，一個是掌上嬌，一個是盤中飧。

看魚有其門道，體型完整勻稱、體色光豔、游姿靈敏平衡……我不懂，便只單看魚種名。逐缸瞧過去：立蛋松石、天鵝茶壺、德系鬱金香，乍聽如雷貫耳，低頭一看，竟不過拇指大小，水草間穿梭追逐，一派怡然自得之狀。我頗感意外，在此之前，我不知道原來魚的姓名學是這樣一種雷聲大雨點小的模式。

對於名字與被命名物之間的差距，魚牠本人彷彿一無所覺。隔著涼如水的玻璃，我和魚分別身處兩個世界——造一座缸，首先得鋪砂注水，氧氣泵打氣，濾材淨化水質，加溫棒調節溫度，費事點的再添上沉木或水草造景，布置不多，對魚而言卻已是完整的世界。一個自給自足的微型生態系統。缸中，魚影參差水流迤邐，斑斕如彩梭來回錯織，日光自門外透入，濾去了熱氣，至眼前只餘光色。

為了引起注意，我彎起指節，輕輕敲了一下缸壁。

不要敲。友人立刻出聲阻止。

我懵然不解。魚煙花一樣地四散開。後來，友人向我解釋我無意的輕扣經由水體放大，傳入魚耳便彷若一記雷鳴，魚會因此受驚嚇，甚至死亡。魚原來對聲音極其敏感。

很快地，魚缸又重新恢復了平靜。片刻前幾乎足以致命的響雷好像並未留下心理陰影，我和魚再度回到餵食與被餵食，觀賞與被觀賞的關係，僅止於此，沒有更多交集。人們將魚從江河湖海間網羅至眼前，所求不外如此，而魚在缸中，一代代受馴養，交配繁衍，是否還殘留有祖輩的記憶？唯一可以確定的是，在重重人為保護之下，若無橫來之雷，應能保有最起碼的壽終吧。

人世也有人世的雷。戰爭，疫症，生別離。但雷落下之前，人們無法預料它會是什麼。就這一點，我和魚是同類。

慢慢走回捷運站，城深似海，我們像兩隻游魚般悠悠游過車馬與花木，直到不期而至的雷音將我們分開。

兩個世界——隔離與文學

二〇二一年年底，全台解封五個月後，我終於踏入了電影院。距離上一回看電影，前後睽違近兩年。

按中央疫情指揮中心規定，入境隔離檢疫需滿十四日，檢疫期滿，再進行自主健康管理七日。自從 COVID-19 爆發以來，隔離檢疫規定數次因職業別、全球疫情、疫苗接種和防疫旅館住宿量能而作出滾動式修正，進而產生各種組合：14＋7、7＋7＋7、10＋4＋7……但原則基本上不變。

我沒有出境，按理，是自由人。不過臨床工作毫無疑問屬於高風險，為求謹慎，盡量不去人多不通風場所。幾次友人約我進場看電影都婉言推了，友人聽說原因後笑著點評一句，這是自肅（Jishuku）嘛。

少了音樂與電影，起初幾週不能適應，過一陣子以後發覺沒事，還有Netflix，還有Facebook。人間處處有戲。

我的新樂趣之一，說來有點羞於啟齒，是旁觀他人之隔離。大疫時期，一般觀光旅遊幾乎停擺，此刻不得不冒著風險出入國境的旅客，應該都是為了非常重要的事吧。隔離檢疫距離普通人日常遙遠，網友講解於是分外翔實，文字說明搭配照片只是基本，講究一點，再加上一小段（經過剪輯的）影片——通常以入境檢疫開場，抵達下榻旅館後不免俗要開箱一下旅館設施和服務，三餐是重中之重，既能振奮心情，同時也是隔離期間少數能夠自己作主的事。身在防疫旅館，胃總能透透氣吧。順應需求，防疫旅館紛紛主打餐點，一日三餐，從小吃、米其林到星級飯店餐盒全包，儼然成為另類軍備競賽。

起初我不無畫餅充飢之意，然而，後來也竟慢慢看出一點興致來。比如說，旅館格局內裝落差不大，重點其實在有無對外窗，一關十四日，開扇窗，日子能好過得多。又比如說，當隔離幾乎成為旅程中不可免的一部分，隔離者多半會預先準備，整件事遂迅速由紀實往展演方向傾斜。

一旦意識到觀者的存在，勢必得作出選擇：什麼可以公諸人前，什麼是隱私。隔離記錄乍看之下彷彿流水帳，實際上並非一刀不剪，剪哪裡，剪掉多少，取決於當事人如何理解人與瘟疫之間的攻防；太寫實難免肅殺黯淡，過度美化為養豬式假期，又恐怕失真。觀者也會很快察覺到鏡頭以外的部分是不可說的，那會是什麼呢？要嘛屬於個人隱私，要嘛非常無聊。一個不足二十坪的房間能有的娛樂屈指可數，補眠、健身、追趕閱讀／工作進度，無聊是必然。只是，我們都知道，那貧乏沉悶不值一提的，才真正構成隔離者的一日。

長日漫漫，但大把大把的時間並非毫無波瀾地滑過。最初幾日的新鮮感過去以後，接下來便是馬拉松般的持久賽，吃飯洗漱睡覺，工作耍廢休息，今天的行程抄襲昨天的行程，而重複往往未必使人幸福。據說富有經驗的馬拉松跑者會按體能和目標進行配速，隔離的終點線非常明確，只是，前進的感覺則極其模糊。時針繞了一圈又一圈，每多繞一圈，時間就貶值一點點。時間感及伴隨而來的情緒不易捕捉，外顯於行為卻能看出少許端倪，我發現許多人會花大把時間研究外送平台上的餐點，或一連數日在相同時刻、以同樣角度拍攝窗景，對比天色細微的差異。除了滿足隔離者與人連結的需求，或填補觀者窺探欲望，在此，隔離記錄產生了嶄新而切身的意義——它能證明時間確實繼續在走。

我想，這裡面有一種接近創造欲的東西。

只是，旁觀他人之隔離終究與旁觀他人之痛苦有所不同，痛苦從不輕易感染，但瘟疫不然。旁觀者有一日也可能遭遇隔離，於是，無形中隔離記錄也帶來某種含蓄的教育意義。

它果然很快派上用場。

二〇二一年五月，全台升三級警戒。備戰一年餘，可見的物資尚能勉強支撐一陣，不可見的物資，例如空間或人力，則立刻面臨短缺。醫院重新盤整了人力物力，非常時期業務縮減，清空的幾層病房便暫時充作醫療人員隔離區，病房內沒有液晶電視沒有高級寢具組沒有山景海景市景，唯一優點，假若突發急症，能立即獲得救治。

幾日後，我接獲通知，我接觸了確診者。等待緊急採檢時我一面回想過去幾天去過哪裡，於我，寫疫調報告難的不是誠實，而是回想不能。

PCR需要幾個鐘頭才會出爐，接下來感染管制部門會判定我是否應當移送隔離。我回到宿舍，洗衣，丟垃圾，清空冰箱裡的生鮮，像一個即將出遠門的人。雖然我哪裡也沒有去，自始至終，我不過只是從醫院裡的某棟建築移至另一棟。拜旁觀他人隔離所賜，速速在半個鐘頭內收妥兩週份隔離行李，我拉著一只集眾人智慧心血的行李箱，然後，問題來了：我要帶哪些書打發這十四天？

這個問題近於荒島書單——某個層面上它也的確是荒島書單沒錯，隔離使人變為荒島。我站在書架前，隔離與文學，何其迴異的兩個世界在此交會。

隔離檢疫（quarantine）一詞，源於義大利語，意為「四十日」，是黑死病席捲中世紀歐洲時政府推行的隔離政策。瘟疫的歷史有多長，隔離的歷史幾乎也就有多長。黑死病造成大規模死亡，同時催生了許多以它為主題的文學作品：薄伽丘《十日談》、卡繆《瘟疫》、狄福《大疫年紀事》……嚴肅文學之外，德國民間故事《彩衣吹笛人》隱約也籠罩在黑死病的陰影中，民間故事多由常民不斷口傳增補而來，作者不限於一時一地一人，黑死病肆虐之廣，亦可間接推得而知。黑死病的幽靈徘徊在歐洲上空達數百年之久，它不獨在文學上留下濃墨重彩的一筆，十六世紀尼德蘭畫家老彼得．布呂赫爾（Pieter Brueghel the Elder）〈死亡的勝利〉（*The Triumph of Death*）以全景視角俯瞰，畫面上骷髏列隊而行，遠景散佈著煙硝與絞刑架，人們被驅趕至近景處，倉皇踉蹌，宛若待宰牛羊。這幅末日景象所蘊含的道德寓意固然深遠，單純視為倖存者的證詞，也能感受其悲慘。

接著，黑死病交棒給霍亂，十九世紀霍亂大流行，倫敦政府不得不積極整治排水系統，這是公共衛生介入現代城市規劃的開端。英國小說家（同時也曾當過醫師）毛姆《面紗》借霍亂推動小說，想來並非偶然。至於其他病程不那麼凶猛卻同樣險惡的瘟疫，亦有許多人為其著書作傳，我記得我讀梶井基次郎《檸檬》時，對於書中那麼多描述肺結核的篇幅感到驚訝，梶井基次郎出生於一九〇一年的大阪，距今不過一百二十年，而同時代的台灣作家鍾理和，也同樣飽受肺結核纏身之苦。

無論在現實或文學中，隔離始終是防堵瘟疫的重要手段，但文學中的隔離卻未必都源於瘟疫。甚至，可以說因為瘟疫之故而被隔離，是眾多隔離之中最無聊的一種。我相當鍾愛烏韋·提姆《咖哩香腸的誕生》，小說講了一個逃兵被婦人帶走，兩人躲在公寓頂樓房間靜靜等待戰爭過去的故事；至於《安妮日記》，則記錄猶太少女安妮和家人為了躲避納粹迫害，被迫藏身密室，那永無終點的隔離使人感覺透不過氣，卻也帶來奇異的安全感。

隔離終有期，一旦無限拉長，它的保護就幾乎與刑罰無異。

人與人之間，任何差異推至極端都可能導向隔離。隔離使人分裂為兩個世界。面對分裂，文學的實用性非常微弱，但文學的在場，小則為史料，往大了說，文學將使兩個世界有了重新縫合的可能。也正是這身陷隔離的一刻，人們意外擁有大量時間可供反芻與思辨，而文學，又往往比其他輕薄短小的娛樂更耐得住咀嚼。

這時手機震動，我低頭檢查，採檢報告揭曉了，是陰性。我鬆了一口氣，畢竟，疾病在文學中實屬家常便飯，健康無恙才是稀奇事。

●○黑洞

身分別使然，至今我一次也沒有上系統幫自己預約過疫苗。

往年，流感季節前夕，院方主動寄信來詢問施打意願，填妥表單，預約好日期便撥空去打。排長長的隊，魚貫露出上臂三角肌，等候空檔不時瞥見熟面孔，隨口聊幾句今年ＷＨＯ預測的病毒株。

二〇二一年五月，流感疫苗換成了 COVID-19 疫苗。起初劑量有限，氣氛上緊張一些，醫院臨時加開施打梯次，擴大作業線；例外狀態省略寄信步驟，一切靠電話聯繫，趕鴨子上架般速速排定接種日，時間一到，按時完成它。

接種完畢，醫師在疫苗紀錄卡上註明日期，蓋章。紀錄卡隨身攜帶不便，於是又在健保卡上貼張貼紙。

會不會磨損呢？我疑惑著。來不及問出口，護理師先一步揚聲喊了下一位。

我的擔憂其來有自。同樣因為疫病的緣故，進出醫院一律要排隊量體溫，實聯制，出示健保卡。至於院內職員，亮一下識別證就能通行，算是快速通關。假若忘了帶識別證，一切只得按規矩來，健保卡反覆從皮夾中塞入抽出，時間一長，難保紙面不會磨花。

接種後半日，劇烈頭痛襲來，然後高燒，寒顫與出汗每四小時循環一次，我吃掉一整排退燒藥，斷斷續續地睡。燒了一天半，肌肉痠痛和倦怠感則持續更久一點才完全緩解。像生了場真正的病。

到這年紀，打針怕的早已不是痛，而是副作用不明。只是，副作用的個體差異彷彿極大，有人什麼事也沒有，有人死去活來，大疫中一切活動都停擺，唯有接種疫苗人人趕上了，你一言我一語，壓抑中唯一的盛事。我將接種後的反應記下，供注射排序殿後的人參考。面對未知，心理也需要預防針。

順利度過副作用，一顆心這才放回原處。疫情連日趨緊，許多企業改遠距辦公，或折衷採分艙分流，至於醫院，則進入多面作戰模式——輪值接種站，支援防疫旅館，加開專責病房——許多同事終日輾轉於不同區域與崗位之間，哪裡有人力缺口，就往哪裡去。為保無虞，院方在打卡系統上新增了自我健康監測系統，每日上班前勾選表單，倘若無任何異常症狀，便得到一個綠燈。

紅燈停，綠燈行。綠燈意味著低風險。系統按疑似症狀和疫苗接種進度區分風險級別，並對應以紅黃綠三色。

隨著疫苗陸續抵達，醫院大廳闢出一塊注射區，設座椅數十張，仿宇美町式接種法進行接種。按意願和運氣，人們獲得不同針劑，AZ、Moderna、BNT、高端等廠牌各自有其對應的不良反應，置身於疫苗與副作用的連連看之間，個人能夠選擇的始終有限。

夏季接近尾聲時，第二劑疫苗開打。據說AZ第二劑副作用較輕微，而Moderna正好相反，同事間大病過一回的這下鬆了口氣，選了Moderna的則宛若待宰羔羊。但誰知道呢？每一次都是獨立事件，每一具身體都難以預測。八週前的不適我還記憶猶新，短期內實在不想再來一遍，就這樣我拖過了幾梯員工集體接種，別人問起，便隨口搪塞過去，下次吧下次。

然而現實不容許我逃避。某日登入系統，照例勾選了無任何異狀，卻發現風險級別被調升為黃燈，並加註警語：請儘速施打第二劑。事實證明，逃避未必可恥，但一定沒有用。幸而第二劑副作用果然不嚴重，事先買好的退燒藥沒有派上用場。隔日，系統準時降回綠燈。

打完針，我抽空回家一趟。火車上超過一半的座位空著，不知道因為乘客太少抑或空調開得太強，我總是覺得冷，想翻出行李中的外套，又怕此舉落入別人眼裡顯得可疑。到了家，先在門口處稍候，等家人拿酒精從頭到腳連行李來回噴過兩三遍，這才脫鞋入內。對遠離風暴中心的家人來說，無論打過幾劑，我理所當然都屬於高風險族群。媽媽不無疑慮地問我：「該打疫苗嗎？我都這年紀了，又高血壓，副作用會不會死？」傳染病與疫苗帶來的恐懼不分伯仲，隨著疫情起落而一再推翻，一再重新權衡。然而不為自己，也為別人，最後，我們仍然上了公費疫苗預約平台預約，指尖滑過，點選時間地點，我語氣輕快：「看吧，很容易的。」

回程車上人更少，冷風由出風口一陣陣送過來，吹得關節骨隱隱生寒。我摸著手臂上的雞皮疙瘩，窗景在眼前飛逝而過，黑洞洞的，我睜大眼睛試圖從中指認出熟悉的景物，然而我彷彿沉入了夜之肚腹，視野中線條起伏錯綜，既看不真切，或許也無所謂意義，只有臉貼近窗面上模糊的倒影——薄一點亮一點，但也是黑的。

一張、兩張、三張，一年過去，健保卡上多了四張貼紙，三張 COVID-19 疫苗，一張流感疫苗。

貼紙們團團簇擁，眉目再端麗，免不了也自帶幾分病容。大概因為對比顯著，我於是注意到有些人的健保卡卡面始終保持光滑乾淨，半張貼紙也沒有。

臨床工作遇到接種進度落後的患者，我習慣性多問一句，有人赧然承認還在觀望中，想過陣子再做打算。我瞭然地點點頭，是呢，畢竟涉及複雜的評估與利弊得失，慎重些不是壞事。有人已經打過一劑，頻頻抱怨道：「沒想到副作用這麼厲害。」是呢是呢，我出聲附和，當初我也著實吃了一驚啊。同理心固然使人得以貼近他者的苦痛，到底不如共歷苦痛來得牢靠，經此一疫，我與患者之間的距離竟意外縮減不少。

不過，倒也不是所有狀況我都接得上話。施打的疫苗廠牌排列組合，副作用也隨之排列組合，對於各種意料中與意料之外的副作用，我逐漸察覺，我知道的並不比患者多多少。接種以後，我原本堪稱規律的生理期陡然大亂，明明腰沒痠乳房沒脹，下腹卻無預警湧出一股不祥的熱流，問題不大，到底也認真煩惱了好一陣。

從一重未知過渡到另一重未知，其反應或為兩手一攤，或糾結於品牌迷思，或在比較疫苗保護力之餘，還相當精明地連帶比較了各家保險公司推出的保單。然而，最萬無一失的辦法，莫過於無限期延遲或拒絕接種——既然不曾注射疫苗，自然也就免於任何不良反應。

我不知道是因為先天立場互斥，又或少數對多數難免心有不平，每當話題涉及疫苗，即使我並未流露出絲毫責備的意思，疫苗猶豫者也會立刻豎起尖刺：宗教信仰，正在備孕中，又或當場演繹起長篇陰謀論。有人雖在世俗中也必須蹈襲神聖的法則，有人則受制於現實，好幾位患者向我解釋薪酬以日計，如果因為疫苗副作用而必須在家休息，就短了一日的進項。假使借用托爾斯泰名句，那麼，不打疫苗確實各有各的理由。

聽了一耳朵，與其說我因而碰觸了另一種現實，不如說我目睹人們對疫苗的恐懼。同為過來人，這份心情我不是不能體會。只是，我也明確意識到同理心有其極限，同理心像水面上的浮標，時而浮起，時而下沉。比較極端的狀況裡，好比說，某次我聽聞另類療法的支持者鼓勵大家以購買能量課程代替接種，那課程並不便宜，後來，我上網一查，說這話的人果然同步販售著課程，同理心便猶如擰乾了的海綿，頃刻間扁縮。

事無絕對，打過一劑的可能止步於一劑，原本沒有接種計畫的，也可能迫於形勢而屈從。搖擺不定是常態。疫苗並非萬靈丹，夾在打與不打的兩難之間，我也好，疫苗猶豫者也好，人人都自認選擇了最佳解。

數月後，島內又迎來另一波疫情高峰——去年每日確診數不過以百計，今年入春以後一下破了千，三千，五千，緊接著指數式竄升至數萬人。上一回還能險中求清零，眼下，病毒全境擴散，我們被推上了另一條路。

許多人因著子女被匡列而請了防疫照顧假，幾天後，全家人輪流確診，照顧假升級為隔離假，隔離期一延再延。人力忽然間出現了巨大的缺口。站在值班室外的走廊上，從這裡可以直接看見醫院門口的社區篩檢站，人龍從帳棚底下蜿蜒而出，從日出一路綿延至日落。保持社交距離近乎不可能，然而在大太陽底下排上半日，熱浪滾沸飛沫蒸騰，想全身而退，大概也不可能。

臨床工作者普遍打滿三劑，平時定期接受篩檢，緊要關頭，院內普篩反而全面取消——醫療系統的運行無休與個人健康之間，孰重孰輕，答案不言自明。我們之中不乏確診者，但除非出現症狀，否則毋須篩檢，不篩檢，自然不存在後續諸般問題。即使治療中不慎暴露，也一概以突破性感染機率微乎其微加以駁回。終日擺盪於過勞死與染疫身亡之間，我一面計算著哪一種下場就期望值而言更接近我，一面設法同時避開它們。每當計算陷入膠著，內心便忍不住忖度，這一波據說較之前症狀輕微許多，與其繼續落實防疫，是否到了該棄守的時候了？說歸說，行經篩檢站時我總還是下意識憋住氣，快步通過。

在院方健康監測系統上，我一直維持著綠燈，監測時間由每日八小時延長至十二小時，但仍然是綠燈。我曾暗自好奇過紅燈的角色為何，直到某次，有位護理師在上班期間接獲確診簡訊，我湊過去看她的燈號——我以為會亮紅燈，但沒有，系統給了她一個黑色的燈。我第一次發現原來這系統還有紅黃綠以外的燈號。

黑色的燈盤踞在螢幕上，看起來不太像燈，反而更接近洞穴。一口深不見底的洞。確診隔離期滿，黑洞還會持續三個月，直到快篩結果再無反覆才正式解除。環視周遭眾人，有時我感覺我看見每個人頭上都頂著一個燈號，儼然從拜占庭藝術聖像畫中走出來的聖者模樣，不過畫面沒有那麼和諧，放眼望去一片愁黃慘綠，夾雜著點點漆黑，別有一番難言的滑稽。

打過疫苗，確診便形同第四劑，至於堅持一針不打的人，除了繼續閉關自守，似乎也別無他法。瘟疫再一次將我們分開。幾位育兒中的朋友告訴我，又開始了足不出戶的日子。幼兒是被動落入疫苗猶豫的一群。

翻出疫苗紀錄卡，差不多又到了打追加劑的時候了。就微觀層面而言，疫苗應可視為個體練習與病毒共存的第一步，然而，只跨出一步遠遠不夠，隨著病毒不斷變異，短期內，每隔一段時間恐怕就要補打一劑。不打，勢必落入寸步難行的窘境。然後我隨即意識到，這不正是疫苗猶豫者的寫照嗎——無論現在是Alpha、Delta還是Omicron，疫苗猶豫者的平行時空裡，永遠大開紅燈。

可是，選擇與病毒俱進，當然並非毫無代價。我時常陷入疲勞之中久久不能平復，防疫的疲勞，接種的疲勞。

然後是震盪後的回魂，日常在一波波餘震中試著重新站穩腳跟。禁令一再鬆綁，國境重開指日可待，是時候了，火車高速急行，終點隱約可見。而我仍然忍不住頻頻回顧，那黑洞一般的二〇二〇和二〇二一，始終挾帶著無窮的重量，逼近我，一路尾隨我。喀啦喀啦，喀啦喀啦，微明中似有煙氣蓬蓬然，轉眼間散入身後不遠處的黑洞，從此不見天光。

●○來日

最初，那一日長達十四日。

自二〇二〇年春以來，凡入境者，按邊境檢疫政策列為居家檢疫對象。自入境日起算，爾後十四日，入住檢疫所或防疫旅館，定時回報體溫，接受ＰＣＲ檢驗，不得外出。

儘管佈下重重防線，社區仍不時傳出零星確診。感染源不明，攤開足跡逐條檢視，所到處，全面緊急消毒。若曾與確診者密切接觸，便受匡列，實施為期兩週的居家隔離。

大疫期間，跨國移動無疑是奢侈的。不過，匡列的機會人人有，心頭便頻頻浮出問句：屆時該如何安排這十四日呢？

對像我這樣好吃貪睡熱愛拖延的人來說，憑空多得了十四日，猶如久旱逢甘霖。把握機會賴床睡懶覺之外，還要讀書寫作追劇——進度一旦落後，想重新追上談何容易，不過，能補多少算多少。我列出一張待讀書目，偶爾提筆略作更動，大致上刪的少添補的多，幾個月過去，自覺規模堪比密集書庫。

當然，飯還是要吃的。隔離期間，除吃無大事。

防疫旅館一般附加備餐送餐服務，三餐不成問題，倘若在家，便需自行動手燒飯。一個人在家如何吃巧又吃飽，作家洪愛珠和比才先後提出了極佳指引，我呢，說實話，我一心想著和麵。上班族平時哪來和麵這等閒工夫，值此際，動手篩麵粉，分次調入水或雞蛋，擀麵烤塔派，隔離中缺乏的吃食與娛樂都兼顧了。麵團需靜置，剛好，我也有長日無聊要打發。

我買來一大袋麵粉，到處蒐集中式麵餅和西式麵疙瘩食譜，餃子春捲烙餅韭菜盒……這幀圖像在我腦海中一日日清晰完備起來。其後，很長一段時間，在我個人的命名裡，我稱那一日為居家隔離期間玩物喪志一日。

從模擬到實際迎來那一日，我等得比預期中更久一點。

和絕大多數人一樣，我的隔離與三級警戒同步發生。那個下午，趕在圖書館閉館前匆忙抱回一堆書，旋即又想起錢包裡還有張火車票，行程勢必要取消，不過，火車站遠在十五公里外，退票得橫越半個城。

接下來一連數日，我一面觀望局勢，一面猶豫該不該冒險出門。說猶豫，倒也並未考慮太久，疫情一日數變，醫院內部相關作業規範也隨之改動，訊息如潮水般湧入，人人不得不奮力泅泳，免遭覆滅。會客時段與人次最先受限制，繼而衛教課程也紛紛取消了，暴風雨前的寧靜，床位清空，護理師們逐床補齊備品，靜待下一位入住。像這樣制式到近乎枯燥的事，在這一刻，更不能機械運作般快手完成：瓶裝乾洗手液補了又丟丟了又補，失竊率高得離譜，護理師們不得不加裝一道細鐵鍊固定。再次想起退票事宜已隔了多日，我全副武裝，出門退票兼採買糧食。

覓食、工作、教育、健身……外出理由何其多，驟然間蜂擁一室，彼此都施展不開。需求不會就此消失，只不過，究竟是需求建構了生命，又或是生命創造了需求呢？採買食物時，我尤其意識到自己被卡在這個迴圈中動彈不得：買少了得頻繁補充，買多，檢視保存期限時，又懷疑自己沒那麼長壽。今人愛用外送平台，這不失為解決辦法，但我一向深厭外送平台作賤人力，身不得自由，這件事卻不肯就範。我改變策略，一日只吃兩頓，反正閉門在家熱量消耗有限。

我按原計畫讀了幾本書，但沒寫多少字——如果日記不算在內的話。從前我並未養成寫日記習慣，此時動念寫點什麼，是大難當前，不得不寫。日記與現實時間差最短，能即時反映變化，而日記也修復了人對於存在實感的斷裂，寫多少，意味著敘事者我就倖存了多久。事後重讀，發現工作比重極多，日常僅得寥寥數語帶過。這有點奇怪。我不知道應當解讀為存活壓倒了生活，抑或是時光在此膠著凝固，不值得活。

那一日確實在意義上產生了質變。

比起嚴格定義中的隔離，三級警戒強度稍遜，規模卻遠勝之——從個人上升為集體新日常，隔離的輕與重一而再再而三地被推翻、重置。幾次瞥見牆角那袋麵粉，我意興闌珊，絲毫想不起當初究竟抱著什麼心情買下它。

不讀書也不寫日記的時候，我打開 FlightAware 觀察航班動態。深藍色屏幕上，飛機如流螢熠熠滑過天際，理論上，每一架飛機都處於高速移動中，但屏幕上它們又彷彿靜止。也定時追蹤水情，水位由乾涸逐日上升至滿庫，虧而復盈，太陽照常升起。

花大把時間追蹤一切跟天空有關的事物，因為很少看到天空。

徬徨四顧，我見得最多的，其實是他人的來日。又或者，他人的末日。喘，高燒，昏迷邊緣插上氣管內管，行俯臥通氣（Prone Position）。將一個人自仰臥翻為俯臥是件大工程，少需三四人，多則五六人合力；人手不足時，我也被叫過去幫忙，雙手平貼頭顱兩側太陽穴，半捧半抱，小心不讓氣管內管滑脫。然而血氧一去不復返，過沒多久，血壓也跟著懸崖式下降，器官接力失守——生之萌發與消逝，對應到生理監測儀器上，終究不過是幾個波形之間的事。再次將患者翻正，移除管路與機器，封入袋中，送往火化場火化。

來日大難，口燥唇乾。

我經常夢見人們的哭聲。當眾放聲嚎啕，背過身，細細碎碎地抽噎。然後有人喊了我的名字，我試著回應，但我發不出任何聲音。我發覺自己原來躺在一個塑膠袋上，現在，拉上拉鍊，最後一絲光線在我眼前消失。我聽見床輪轉動，我開始移動。

記憶中，夏天從不曾像現在這樣安靜過。

●●

三級警戒結束以後，隔離仍維持了好一段時間。因著不時需輪值負壓隔離病房，我自主實行週期性自肅，在與瘟疫共處之前，先學習如何與隔離共處。

說自主，或許略有些不盡不實。是這樣子，考量到變數眾多，疫情爆發後不久，部門主管隨即宣布每週五發放下週班表，每次只發一週。我無從預卜我的命運，我可以規劃的，只有這短短一週。

以週為單位切分，時間破碎又緊湊，有趣的是，時間的牢籠意外與空間上處處碰壁互為加乘；我盡可能減少聚會，收束社交圈，出門小旅行更是想都不要想，不只基於風險管理，也因為我沒有如期赴約的把握。時間將一切懸置。意志薄弱時，喪失時間支配權這件事也會自動從腦海中浮出，提醒我放下一場展覽或講座。

對於我的經常性半失聯，友人們多能諒解。我們會說好，等瘟疫過去之後再約，至於何時會過去，怎樣才算真正過去，彼此間也有避而不談的默契。

聚焦於此刻，自然無暇展望來日。面對日常中不曾明言但不能讀不懂的限制，我沒有硬碰硬的打算，但願意留給自己一點甜頭，餐廳內用解禁後，我又吃起了堂食，散步去，或沿河濱騎一段腳踏車。起初，路上行人稀落，等到人潮緩慢回流後，一切也就恢復如常。我默默估算著人群——用最粗淺的區塊法回推——說不上是人們維護了日常，還是日常保護了人們。

自肅的難度因人而異。它介於日常與非常之間，既許諾了自由，又不無警告意味，久在其中，很容易產生一種錯覺，誤以為真正得到了自由。扣除必要的基本需求，我留下了書和音樂。後來，花道教室復課，又加入花道。這是我所選擇的自由。決定保留什麼而捨棄什麼，不在價值高低，或許也無關乎任何理性計算，在我看來，它形塑的是一個人對於我何為我的認知。於是必須不斷反問自己，這樣夠嗎？這是必要的嗎？願不願意，值不值得，全憑自己決斷。

夾身於既有與全新秩序之間，我坐擁一切有限，與奢侈。

讀過的書按分類歸回架上，開過的花，連花帶水一起倒掉。往返於無數個自肅迴圈，這當然也是我個人的選擇。我的選擇，是即使在日常中，作為一個普通人，我也盡了我的份。

●●

瘟疫蔓延三年餘，這期間，我曾數度與那一日擦身而過。

最接近一次，是友人於疫情回穩後結婚設宴。甫接獲邀請時我頗覺動搖，去，不好吧？不去，也還好吧？心一橫，最終決定赴宴。宴是好宴。我們久違地脫下口罩好好吃頓飯，彼此擁抱祝福。隔兩日，四肢隱隱痠沉，我睡了個午覺，醒來後感到輕微頭痛，喉嚨也痛，講話像有一捻弱火細細地燒。

周遭親友同事陸續確診，聽多了，我對相關症狀並不陌生。起初症狀多變，或疲倦，或腹瀉，或鼻塞咳嗽，或呼吸困難，一旦開始發燒，事態就相當明朗了。病得急，康復卻慢如蝸行，解隔之後，後遺症仍然不容輕忽：低燒、腦霧、沙啞失聲，許多人於是紛紛轉而求助中醫調養。

我暗叫不妙，自行驗了快篩，試紙上清清楚楚，一條線。這不能代表什麼。又量體溫，三十八度一。我飛快評估了一下——醫院合作的防疫旅館每日收費六千元起，回家的話，來回高鐵票三千有找。我聯絡家人，乘車返家。一到家，直入家人先一步為我收拾出的房間隔離，吞下退燒藥，全身密密裹入棉被裡發汗。

不只一次想像過確診，可是真正處於確診邊緣，又寧可它只是一次普通小感冒。喉嚨痛起來像含著一汪滾油，吞不下吐不出，只能任其翻騰噴沸，一點一點蝕穿呼吸。熱到了極處，忽然又變為冷，昏沉中我試著回想疫苗接種時的光景，然而腦袋裡一團漿糊，什麼也記不得。

隔日一早，再篩，仍然是陰性。這結果實在出乎我意料。因不符合視訊看診資格，我步行至附近診所，按護理師指示，待在騎樓候診。等了片刻，醫師推門走出來，看著那一身我熟悉的裝備，剎那間湧上一種角色錯亂的違和感，見我表情有異，醫師首先解釋了隔離裝備的必要性，又問我：「要不要再幫妳採一次？」我說好。我仰起頭，迎來一陣戳刺翻攪，採檢棒終於抽出我的鼻腔時，我看見上面沾附著的血絲。

還是陰性。病成這樣還得不到一個陽性，天底下還有比這更吃虧的事嗎？懨懨躺回被窩裡，渾身痠痛燒熱，內心消沉——如果這一切都不算數，那我的來日究竟怎樣才算來？為了獲得請假憑據，情況竟逆轉為是我求確診而不得，想想當真荒謬透頂。

我向主管請了兩日病假，並傳訊息知會新娘。很快收到回覆，新娘告訴我，早上醒來開始咳嗽發燒，一驗，與新郎二人雙雙確診。

有了，接觸史。我鬆了口氣。

病中無玩物，但仍然喪志，沙發和床兩點一線，每日活動量不超出這個範圍。我曾以為來日意味著休息，但沒想到休息得如此徹底——我病得東倒西歪，活像灘爛泥。病了這一遭，再想起那袋全新未拆封的麵粉，深感病體單薄而軟弱，無法一體多用。

不知是不是藥物終於發揮作用，高燒整整兩日以後，總算退了。雖然還是一灘爛泥，但起碼進化成一攤能滑手機、把家人送來的餐點吃光的爛泥。

第四日，症狀全部消失了。自我感覺這和他人口中描述的確診經驗相比，似乎不太一樣，不死心又驗了一次，果然不是。

我無奈，認命銷假上班。總之，這病的來與去都非常莫名其妙。雖然是烏龍一場，這之後，臨床工作中與 COVID-19 交手，心境稍稍生出變化，我遲遲等不來的那一日，多少人自此留在那裡。

●●

進入流感化以後，隔離長度一再縮短，從十四日降至十日，緊接著又減為七日。匡列資格亦多次限縮。隔離日，逐漸與確診日劃上等號。每日確診數高達數萬人，今天我不在此列，明天，明天總該輪到我吧？

說來真是不可思議，不過，目前我尚未確診過。話說施打第二劑加強劑時，我猶豫了一陣，後來選擇了 Novavax，連同之前施打過的

AZ和Moderna，湊個三巨頭。向櫃檯報到時，護理師例行性詢問是否確診過，我答以還沒有，護理師瞬間驚呼，也太厲害了吧。

我尷尬一笑，不知該作何反應。

會不會是無症狀感染呢？這樣的可能性，我也考慮過。它來過了但我毫無所悉。不過，從小我就是易發燒體質，疫情危急期間，前後近一年，每週按時驗PCR，錯失機率應該微乎其微。總之，雖然無從驗證，但我不相信無症狀感染會發生在我身上。

確診過一次，還有二確和三確。病不再是難言之隱。聊天時，話題從單純的確診經驗談進階到一確和二確之比較，「上回我一直拉肚子，這回腸胃還好，反而咳個沒完。」「我確診完接著又帶狀皰疹，病了快一個月。」「不是都說有無敵星星嗎？我兩次確診只間隔了六週欸。」這樣的時刻我往往插不上話，但仍保有生手的好奇與羞赧。不知不覺間，此消彼長，我成為落後的一方。

被排除在確診話題之外，身為疾病的少數，不知道究竟是幸運抑或不幸。我想起曾在一則臉書貼文中讀到，確診本質上與通過儀式相仿。通過了，自此成為新的人。

來日來過了嗎？

至今，瘟疫已屆尾聲。未曾通過考驗的我，對於將來某一日必然的確診，不再惶然，但也不再懷抱著別有居心的期待了。我拿下口罩，上市場，上美術館，著手計畫一趟國外旅行。瘟疫持續在人群中散播變異，然而，人對瘟疫的恐懼與孤獨感也會隨著理解而一一釋然，脫胎為新的經驗和敘事。度過來日，始成為人，始成為我們。

●○後記：一體

由肉至灰，之間存在著時差。

就物質層面言，火過成灰，時間是單向的。回歸到身體，肉與灰兩種狀態經常交織並存，甚至，拜現代醫學之賜，灰也可能復生為肉。

生而為人，時刻游移擺盪兩者之間。一方面驚異於肉之力量，另一方面，又為肉之易腥易腐易朽而感傷。這樣微妙的心情，當然絕大部分根植於對疾病與死亡的恐懼。

由肉至灰，之間也存在著火。醫治之火，書寫之火。

醫者與患者，身分看似有別，實際上同樣圍繞著因疾病而生的受苦經驗。前者被期待治癒幫助安慰，後者則必須暴露創傷。儘管如此，疾病苦究竟是怎樣的一回事呢？作為臨床工作者，日日眼見耳聞，我仍不敢輕言自己真正理解他者的苦。受苦作為生命體獨特而核心的經驗，既不可磨滅，又那麼不容易取信於人，這是醫治何以神祕／聖。而受苦的敘事時而喧囂，時而緘默無聲，及至前後說詞矛盾皆不足為奇——但無論分屬哪一種，受苦永遠有主體。

醫病關係裡，受苦的主體雖明確，卻不總有充分機會發聲。在現今我所身處的、步調緊湊的急重症醫療場域，尤其如此。疾病帶來雙重的破壞：器質或官能上的損傷，以及我之為我的取消。

醫學不能，文學能——文學填補了醫療過程中因為溝通不良而生的種種空隙，共劫難，得撫慰，作見證。書寫提供人們自我表達的途徑，在失序中重新定位，在混亂中組織，確認痛苦如何與主體密不可分，最後，書寫將自我從疾病中贖回。病在此身中，只有認識到這一點，爾後痊癒才真正開始。值得注意的是，這些證詞也普遍被挪用至醫學專業術語中，作描述、評估與診斷之用。

醫者同時也可能具有患者身分。身處疾病陰影之下，我也會出現

（和我的患者們如出一轍的）不安和沮喪。瘟疫更進一步模糊了醫者與患者之別，例外狀態，人人皆蒙受風險。說到底，醫者亦為血肉之軀。穿梭於兩種身分，既是寫實，但願也能稍事對照補足醫與病多樣多面的風貌。

疾病嵌入身體，但不只對個人產生意義。疾病與人際關係、經濟、環境生態乃至心理狀態息息相關，它牽連廣泛，且恆常處於動態之中——這一點，甫經歷過 COVID-19 的我們應當深有體會。是以，疾病與健康並非以對極形式存在，它更像連續光譜，將所有人涵納在內。病與非病既無法截然兩分，因此，透過書寫，與其說是重新與疾病苦連結，不如說，我非常明確地意識到，我渴望與人們有所連結。

肉中有灰，灰中也有肉。本來，肉與灰實為一體。

本書得以完成，除了受益於我所關懷的領域——文學與醫學——多有令人敬重的楷模，供我長久追隨。在我個人，尤其感謝家庭醫學專科醫師／作家吳妮民提筆作序，幾位推薦人和編輯祿存一直以來的啟發與關照；崎雲、胡靖、丁丁、家蓁、允元承欣伉儷等人的討論支持，為這本書注入精魄。餘者不能盡錄。我撫摸肉中之灰，從灰燼裡夾鑷出肉屑，由肉至灰，此中有我們。我們彼此始終緊密連結。我們將一起在灰燼中醒來。

雙囍文學 18

肉與灰

作者　栩栩

堡壘文化有限公司　雙囍出版
總編輯　簡欣彥｜副總編輯　簡伯儒
責任編輯　廖祿存｜行銷企劃　曾羽彤
裝幀設計　朱疋

出版　堡壘文化有限公司 雙囍出版
發行　遠足文化事業股份有限公司（讀書共和國出版集團）
地址　231 新北市新店區民權路 108-2 號 9 樓
電話　02-22181417
Email　service@bookrep.com.tw
郵撥帳號　19504465 遠足文化事業股份有限公司
網址　http://www.bookrep.com.tw
法律顧問　華洋法律事務所　蘇文生律師
印製　中原造像股份有限公司
初版 1 刷　2023 年 10 月
定價　400 元
ISBN：9786269759330
EISBN：9786269759361（PDF）9786269759378 （EPUB）
本書榮獲國藝會創作補助

財團法人
國家文化藝術基金會
National Culture and Arts Foundation
NCAF

國家圖書館出版品預行編目 (CIP) 資料

肉與灰 / 栩栩著 . -- 初版 . -- 新北市：堡壘文化有限公司雙囍出版：遠足文化事業股份有限公司發行 , 2023.10　面；　公分 . -- (雙囍文學 ; 18)
ISBN 978-626-97593-3-0(平裝)
863.55　112013941